Esperanta -Ĉina Traduko

A···B···C···
아보쪼 甲...乙...丙...

Verkisto ： Eliza Orzeszkowa （埃丽莎·奥热什科）

Esperanto ： Franciszek ENDER (弗朗西谢克·恩德尔）

Ĉina traduko ： ZHANG WEI (张伟)

아보쪼 A...B...C...甲...乙...丙...

인 쇄 : 2024년 5월 8일 초판 1쇄
발 행 : 2024년 5월 15일 초판 1쇄
지은이 : 엘리자 오제슈코바 지음
  - 프란치스크 엔데르 에스페란토 번역
옮긴이 : 장웨이(张伟)
펴낸이 : 오태영(Mateno)
출판사 : 진달래
신고 번호 : 제25100-2020-000085호
신고 일자 : 2020.10.29
주 소 : 서울시 구로구 부일로 985, 101호
전 화 : 02-2688-1561
팩 스 : 0504-200-1561
이메일 : 5morning@naver.com
인쇄소 : TECH D & P(마포구)

값 : 10,000원
ISBN : 979-11-93760-14-7(03890)

Esperanta -Ĉina Traduko

A··B··C··
아보쪼 甲...乙...丙...

Verkisto：Eliza Orzeszkowa （埃丽莎·奥热什科）

Esperanto：Franciszek ENDER (弗朗西谢克·恩德尔)

Ĉina traduko：ZHANG WEI (张伟)

Eldonejo Azaleo

出版商 金达莱

(NOVA ESPERANTA BIBLIOTEKO. No 2.) 『A…B…C…』

Noveleto de E. ORZESZKO

Esperantigis F. Ender

1909

LODZ (POLUJO)

STANISLAO MISZEWSKI

Librejo

PRESEJO: L, BILINSKI KAJ W. MAŜLANKIEWICZ,

VARSOVIO,

NOVVOGRODZKA 17

原始封面标题：《A... B... C...》
作者：Eliza Orzeszkowa
标题：A... B... C...
来源：收录在《冬夜》中
出版社：Gebethner i Wolff
出版日期：1888年
印刷：Wł. L. Anczyc i Spółka
出版地点：华沙
来源：Commons上的扫描文件

Enhavo(目次)

Pri la aŭtorino

Eliza Orzeszko (Orzeszkowa) naskiĝinta en la jaro 1842 en Mintovŝĉizna ĉe Grodno (Litvujo) estas sendube la plej eminenta pola proza verkistino. El ŝiaj kreaĵoj fluas sento de altruismo, de amo por ĉiuj anoj de la homa societo, precipe por la laborantoj kaj suferantoj. Profunde virina, patrina amo karakterizas ŝian rilaton al la patrujanoj. Jam de kvardek jaroj ŝi nutras instruas, edukadas ilin per siaj verkoj, por kiuj la kondukantan ideon ŝi ĉiam ĉerpadis el plej pura fonto de boneco kaj nobleco. Batalante kontraŭ facilanimeco, aristokrataj pretendoj, egoismo, hipokriteco, ŝi alvokas al prudenta organiza laboro kaj al frata amo inter la diversaj klasoj. Simila al patrino ĉe l'lito de malsana amata infano ŝi revas pri ilia resanigo kaj refortigo, necesaj por vivi kaj plenumi la reciprokajn devojn. Neniam forlasante sian celon kaj ne volante esti revoluciistino sed nur reformistino, ŝi instigas al reciproka amo kaj progreso, kiu alproksimigos la feliĉon de la homa societo. La pola nacio, kiu ŝatas ŝin ne nur kiel verkistinon, sed ankaŭ kiel edukistinon de generacioj, honorigis ŝin en 1907 per solenaj jubileaj festoj aranĝitaj en ĉiuj urboj, kaj per fondado de instituto pedagogia de ŝia nomo en Varsovio. El ŝiaj ĉirkaŭ 60 kreaĵoj estas esperantigitaj: „La interrompita kanto", „Legendo", „Marta" kaj tiu-ĉi noveleto.

作者介绍：**Eliza Orzeszko(1842-1910)。**

波兰文学界遭受了沉重的损失：Eliza Orzeszko于1910年5月18日去世。她将巨大的才华仅用于服务于祖国和民族，她的所有作品都受到最高尚和宽宏大量情感的启发。她印象深刻的智慧和温暖的心灵吸收了当时所有重要的问题，并赋予它们艺术形式。通过思想视野的广阔，Orzeszko与波兰文学中最伟大的巨匠相媲美，她以一系列一流的作品丰富了波兰文学。忠于"在基础上劳动"的座右铭，她站在那些承担起治愈和强化民族生活艰难而繁重任务的人们的前列。通过她有力的文字，她希望消除阶级和宗教偏见、剥削穷人的现象，她想要改善那些被社会拒绝所有权利的不幸者的悲惨命运。她颂扬了人的尊严、性格的力量、善与美的力量。

让我们了解一下这位非凡女性的生活。Eliza Pawlowska 于1842年出生于格罗德诺附近的明托夫契兹纳，她是富有农场主的女儿。17岁时，她嫁给了比她年龄大很多的富有地主Pjotr Orzeszko。婚姻非常不幸，她在五年的共同生活后返回了父母家。Orzeszko因其政治活动于1863年被流放至西伯利亚后，后来，她搬到格罗德诺，在那里她一直工作至生命的尽头。

Orzeszko的第一部作品《饥荒之年的画像》于1866年出版。这部谦逊的小说揭示了这位未来伟大作家将要走的道路。在其中，人们已经可以发现她的才能和思想方式的主要特征，即对人类苦难的无限同情和对社会中被剥夺继承权的劳动阶级的爱。

吸引她思考的第二个问题是女性问题。看到现代教育系统的不足，这种教育生产了无力、无助、未准备好与现实生活中的障碍作斗争的人，她开始勇敢且以惊人的谨慎向同胞们展示这些缺陷和错误的镜子，同时发展了她关于女性的呼召、权利和责任以及社会地位的理论。

她在诸如《玛尔塔》、《瓦茨拉夫的回忆录》和《格拉巴女士》等小说中表达了这些观点。这些作品以对问题的深刻理解、尖锐的讽刺和生动的人物刻画而著称，引起了巨大的轰动，并使她受到了广泛关注。

在她的创作生涯的第一阶段，倾向性占据了艺术性，其后是研究犹太问题的第二阶段。在她的常住地格罗德诺，她亲眼目睹了犹太人的道德和物质困境；她被他们极具原创性的文化、迷信、保守主义和落后性所震撼。在这样的背景下，她创作了一系列宏大的小说，这些作品因其观察的深刻、感情的深邃和真实的现实主义而必须被视为无与伦比的杰作。如《Eli Makower》、《Meir Ezofowicz》以及如《强壮的参孙》、《Gedale》这样的短篇小说将永远是她人道主义、利他主义和高尚情操的见证。

从这一领域特有的思想、愿望、问题和理想的世界中，奥尔热什科转向社会的其他阶层，并首先将她的注意力集中在白俄罗斯农民的生活上，赞美他们对故土的爱。

然而，这位作家在展现立陶宛贫穷贵族的一系列小说中表现出了最大的才华。开启这一系列的是三卷本小说《在涅缅河畔》，因其画面之美、背景的画意以及观察的敏锐，被认为是波兰文学的真正珍品。

《两极》、《中断的歌声》和《通往星辰》属于特别的类别，这些作品涵盖了非常广泛的社会主题，渗透着理想主义的乐观情绪。

古代世界对奥尔热什科来说也不是陌生的。《米塔拉》，一部关于一个在选择自己的民族和罗马人之间犹豫不决的犹太女性的残酷故事，以及《权力的崇拜者》，展示了吕底亚人与波斯人的关系，显示了她非凡的学识和高雅的艺术形式。她的最后作品是一系列短篇小说，讲述了1863年波兰起义中的不幸事件。

尽管波兰文学拥有比奥尔热什科更耀眼、更辉煌的才华，但她凭借从未背叛自己的理想超越了他们，在她所有的作品中都体现了高尚的利他主义思想，尽管带有倾向性，她从未损害过那种高远的精神。

奥尔热什科的更多杰出作品已被多次翻译成所有斯拉夫语言，并且还被译成英语、德语、法语、意大利语、芬兰语等语言。世界语使用者也没有落后，他们将她的一些较长的作品，如《中断的歌声》、《玛尔塔》、《好女士》和《A..B...C..》等，以及大量的小型草图和短篇小说，纳入了自己的文学作品之中。

-来自克拉科夫的

- Leon Rosenstock 在《La Revuo》杂志的8月号上这样写道。

A···B···C···

En unu el pli grandaj urboj de granda imperio Johanino Lipska ĉiu-tage iradis preter granda konstruaĵo, kies fronton oni ĵus estis plilarĝiganta kaj ornamanta, sed sur kiu ŝi tamen neniam turnis sian atenton.

Granda estis la imperio kaj granda estis ankaŭ la konstruita juĝejo; kion ŝi povis havi komunan kun tiuj potencaj grandaĵoj? Ŝi sciis, ke interne en tiuj ĉi vastaj muroj tranĉitaj per vicoj de helaj fenestroj decidiĝadas la sortoj de tiuj, kiuj procesas pro havaĵo aŭ kiuj faris ian kulpon aŭ krimon. Procesi pro havaĵo ŝi ne povis estante malriĉulino, kaj se iam venus al ŝi la penso, ke oni povus kulpigi ŝin pro krimo, ŝi rekte ekridegus.

Sed tia penso neniam aperis en ŝia animo kaj ŝi neniam turnis sian pli specialan atenton sur la juĝeja konstruaĵo. Ŝi estis tiel malgranda kun sia modesta nomo, kun sia malriĉeco, kun sia virga talio!

Ŝi portis ĉiam nigran lanan veston kaj nigran ĉapelon, nek ornaman nek modernan, sed el sub kiu vidiĝis densaĵo de belegaj haroj preskaŭ tiel lumaj kiel lino, glataj kaj brilaj super la frunto, plektitaj en peza harligo malantaŭe de l' kapo.

Vizaĝkoloron ŝi havis paletan kaj ofte lacan, la buŝon rozan kaj la okulojn grizajn, kiuj pro sia kristala travidebleco similis al okuloj de infano. Juna ŝi estis kaj sendube beleta, sed ĉiu konanto de homoj tuj estus diveninta, ke ŝi estis unu el la knabinoj tiel multenombraj en ĉiu urbo, kiuj neniam amuziĝas, neniam sin ornamas, malmulte manĝadas, respiras aeron de malvastaj stratoj kaj malampleksaj ĉambretoj.

Tia vivmaniero malakcelas disvolviĝon de la ĉarmo kaj samtempe kaŝas ĝin antaŭ la homoj.

Ne flegata ĝi floras pale kaj velkas nerimarkita kiel floroj kreskantaj en ombro; superas ĝin ofte ia ajn herbaĉo oportune kaj lukse kreskanta en la lumo de l' suno. Knabino kun linaj haroj kaj delikata virga vizaĝo povus esti tre bela, se ŝi havus pli freŝan haŭton, pli liberajn movojn, pli bonajn vestaĵojn, se ŝi fine volus kaj scius kapti la okulojn de homoj, kuraĝe, flirteme. Sed estis evidente, ke ŝi ne volis fari ĝin kaj ne povis fari ĝin. Pala kaj velketinta, intermiksita kun la strata homamaso en sia eterna nigra vesto, Johanino ĉiam iradis rapidante tra la urbaj stratoj, la brusto iom antaŭen, la frunto iom malsupren klinitaj, kaj ŝiaj etaj kaj bonformaj piedoj en dik-ledaj ŝuoj rapide, rapide marŝadis sur la malegalaj ŝtonoj de l' trotuaro. Nun ŝi devis ĉiutage desaltadi de l' trotuaro kaj ĉirkaŭpaŝadi la masonistan trabaĵon konstruitan apud la muro de la juĝeja domego.

Unu fojon nur ŝi levis la kapon, rigardis la

masonistojn laborantajn en la supro de l' trabaĵo kaj kuris sian vojon. Inter ŝi kaj tiu-ĉi konstruaĵo granda kaj plena de malĝojaj sonoj de malpacemo kaj krimoj kio komuna povis esti? Neniu estis turninta sian atenton sur tio, sed estis certe, ke antaŭ nelonge la esprimo de ŝia vizaĝo estadis malĝoja kaj plenzorga, kaj la nigra vesto estis ĉirkaŭita per blanka strio.

Ŝi funebris sian patron kaj konstante pensadis pri tio, ke ŝi devis trovi por si ian perlaboron por ne tropezigi la malfacilan vivon de sia frato. Tio estis penso triviala kaj proza, tamen desegnanta ofte profundan sulkon sur ŝia juna frunto.

Tiam ŝi suferis kaj multe pensis ne nur pri si mem, sed iafoje pri la tuta mondo kaj ĝiaj diversaj aranĝoj.

Ofte ŝi havis la mienon kvazaŭ ŝi hontis pro io ajn kaj tiam ŝiaj okuloj ŝajnis humile paroli al la homoj: Pardonu al mi, ke mi ekzistas! Ŝi marŝadis en la mondo kun senĉesa penso:

— Kion mi povos utili al iu ajn aŭ al io ajn? Ofte ŝi estadis malsata kaj havis disŝiritajn ŝuojn, kaj pensante pri peco da pano aŭ bulko aŭ pri malŝiritaj ŝuoj ŝi samtempe pensis:

— La mizera Mieĉjo jam ne ĉiam havas pecon da viando kaj liaj ĉemizoj jam disŝiriĝas··· kaj mi sidas sur lia nuko···

Ŝi havis konatinojn kaj samaĝulinojn, kiuj

estante en tia sama pozicio kiel ŝi, vivis tute trankvile kaj ia tempe eĉ ĝoje. Lerte kaj avide ili kaptadis la etajn agrablaĵojn de l' vivo, sin nutradis per ili, atendis pli bonan estontecon, ne ĉirkaŭrigardadis en la mondo, ne enviis aliajn kaj sentis sin sufiĉe feliĉaj. Ŝi ne povis tiel. Kial? Eble la naturo kreis ŝin iom alie, eble la naturon helpis interparoloj aŭditaj, libroj legitaj, la vido de tiuj kaj aliaj najbaraj estaĵoj, iom da scienco traverŝita en ŝian kapon el la buŝo de ŝia patro, kiu nelonge antaŭ sia foriĝo el tiu-ĉi mondo estis forigita el la ofico de la loka knaba lernejo. Se li estus havinta pli longtempe tiun-ĉi oficon⋯

A! Tute alia estus la sorto de liaj du infanoj. Sed li ne povis ĝin havi pli longe. Kial? La estonteco miriĝos pri tio: li estis Polo. En la forteco de sia aĝo li sciiĝis, ke li ne havas la rajton labori tiel kiel li volis kaj sciis, nek ĝui la fruktojn de sia laboro.

Sur la urba tombejo jam ne malfermiĝos la tombo kaj ne elrigardos el ĝi la antaŭtempe griziĝita kapo de la pedagogo kun okuloj ruĝigitaj de la laboro kaj kun granda nubo de sulkoj, kiun sur lian frunton metis ne jaroj sed unu momento, tiu, kiam en la lernejo oni diris al li: „Iru for de tie-ĉi! ĉar vi naskiĝis tie-ĉi, vian lokon ricevos tiu, kiu tiun-ĉi teron kaj ĝiajn infanojn ĝis nun nek konis nek vidis". La pedagogo, rompita per la malfeliĉo obeis, iris for, for el la mondo. Tuj kiam li foriris, antaŭ lia filino aperis demandosignoj: Kion mi faru? Sufiĉe longe diversaj pensoj kaj intencoj turmentadis la kapon de Johanino, ĝis kiam unu tagon ŝi enkuris sian malgrandan kuirejon videble kortuŝita. En la manoj ŝi tenis korbon kun tolaĵo, kiun ŝi estis portinta por kalandri. Kvankam ĝi estis sufiĉe peza, ŝi rapide suprenkuris la mallarĝan krutan ŝtuparon kaj facile ĝin metis sur la tablon. Maldika, pala, ŝi tamen havis forton de homoj nervaj kaj agemaj. Metinte la korbon sur la tablo ŝi restis senmova kaj enpensiĝita. Ŝi staris sur la planko el dikaj lignotabuloj kun superstarantaj nigraj najlokapoj; super ŝi pendis plafono malalta, malbela pro polvo kaj fumo. Apud la kvar muroj kovritaj per malnova tapetaĉo staris paro da tabloj kaj benkoj, ŝranko kun kuireja vazaro kaj lito kun malriĉa kovrilo. Tie-ĉi ŝi dormadis; la apuda ĉambreto estis la dormejo kaj laborejo de ŝia frato, kaj tio-ĉi estis jam ilia tuta loĝejo, kiu sin trovis en la supra etaĝo de l' domo, kies aspekto estis tia, kvazaŭ ĝian modelon elpensis kvinjara arĥitekturisto kun helpo de sep kartoj konstruante du triangulojn malsupre kaj unu supre.

Tiaj supraj trianguloj de urbaj dometoj enhavas la plej malkarajn loĝejojn; tial la gefratoj Lipski luis ĝin post la morto de la patro. Malsupre estis drinkejo kun butiko fronte sur la straton; la korto svarmis de loĝantoj de diversa sekso kaj aĝo.

Radio de subiranta suno penetranta tra la fenestreto superverŝadis per oro la kapon de la junulino kaj sur ŝia vesto malkompate malkovradis zorgeme rebonigitajn disŝirajojn. Ŝiaj kunplektitaj manoj pendis malsupre, ŝiaj palpebroj estis mallevitaj kaj ŝian buŝon ornamis revanta rideto. Pri kio ŝi revis tiel ĉarme? Ĉu temas pri danca vespero? pri nova robo kun gaja, hela koloro? Eble tenera vorto aŭ fajra rigardo de amanto? Ŝi ekvekiĝis el la enpensiĝo, levis sian vizaĝon kaj laŭte ekmanplaŭdis.

Estis gesto de ĝojo. Kaj kun infana ĝojo ŝi eksaltis kaj malfermis la pordon de la apuda ĉarmbro.

Ĉi-tie ŝi tamen metis la fingron al sia buŝo kaj admonis sin mem:

— Ct, malbrue!

Poste ŝi mallaŭtege ree demandis sin mem:

- Ĉu li dormas, ĉu ne dormas?

En la ĉambro provizita je sufiĉe multnombraj, sed malmodernaj kaj malriĉaj mebloj, sur malmola kanapo kuŝis juna viro de meza kresko, frapante malgrasa, kun vizaĝo longeta, beleta, kies paleco tamen preskaŭ papera, donis al li ŝajnevidon de malsano, tiom pli malagrablan, ke ĝi kontrastis kun la nigraj lipharoj kaj la malhelaj okulvitroj kovrantaj liajn okulojn. Iam Mieĉislao Lipski estis infano sana, kvankam ĉiam malvigleta kaj iomete nekuraĝa, sed tio-ĉi ne longe daŭris.

Li estis deksesjarulo kaj finis kvin klasojn de gimnazio kiam lia vizaĝkoloro komencis fariĝi tiel malagrable papere pala, liaj manoj malgrasiĝis, liaj movoj malrapidiĝadis; la suferantajn okulojn laŭ konsilo de kuracisto oni kovris per malhelaj okulvitroj; de tiam li ilin jam neniam demetis. La lernejon li forlasis, por ia metio li estis tro malforta, li komencis labori en unu el la registaraj oficejoj. Lia kariero estis rompita por ĉiam. Kial?'

Neniu povis precize tion-ĉi klarigi.

Simple li submetiĝis al la premo de io nevidebla, sed tamen ekzistanta— kie? en la lernejo? en la domo malĝojigita per la dimisio de la patro? Ĉu en la vivmaniero de la malriĉa familio? Ĉu en la morala atmosfero, kiun spiris tiu-ĉi urbo? Oni povus esplori, sed malfacile estas esploradi.

Estadas tempoj tiel kruelaj, ke per sia spiro ili mortigas eĉ infanojn.

-Ĉu vi dormas Mieĉjo? Mieĉjo, ĉu vi dormas?

Li jam ne dormis, li ekatendis la mallaŭtan demandon de la fratino, kaj ankoraŭ ne sufiĉe dorminte post laciga laboro la malfeliĉa skribisto de la fiska kamero, dormeme streĉante la membrojn sur la kanapo, elĵetis el sia gorĝo reciprokan, malsaĝe sonantan demandon:

— Ha?

Poste, iom sin levinte, ambaŭ brakojn en tuta ilia longeco li streĉis alten kaj laŭte oscedante larĝe malfermadis la buŝon, ĝis kiam fermis ĝin kvazaŭ hajlo de kiso.— Ridante laŭte kaj kisante la buŝon, la vangojn kaj la frunton de la frato, Johanino kriis:

— Mi jam havas, Mieĉjo! mi jam havas, kion mi volis! mi trovis!

Apatie, sed dolĉege li liberiĝis de ŝia ĉirkaŭpreno kaj per iome naza voĉo demandis:

-Nu kio do? Kion vi trovis, ĉu monon?

Serioziĝante rapide ŝi respondis:

-Okupon.

La skribisto tute rektiĝis, deъmetis la okulvitrojn, viŝis ilin per tuko, ree ilin metis kaj el post la malhelaj vitroj rigardante la fratinon per siaj ruĝigitaj palpebrumantaj okuloj demandis:

— Kian? Kaj ĉu ĝi donosmonon?

Johanino staris kelkajn paŝojn antaŭ li kaj rakontadis al li la unuan fojon ĉiajn siajn zorgojn kaj ĉagrenojn, per kiuj ŝi ĝis nun ne volis vane lin malĝojigi. Antaŭnelonge ŝi jam deĉidiĝis veturi ien ajn por serĉi laboron kiel instruistino, infanistino aŭ administrantino de vilaĝa dommastraĵo, ien ajn kaj kiel io ajn por jam fari ionajn, ion komenci⋯ sed ŝi ŝancelis.

— Ŝi mem ne sciis, por kio ŝi povos taŭgi.

Tio, kion ŝi scias, ŝi bone scias, la patro ja mem ŝin instruadis⋯ sed ne multe⋯ Plue estus por ŝi bedaŭrinde forlasi la fraton! Ili ja estas nur du en la mondo, kaj li ofte estadas malsana kaj bezonas ŝian zorgadon⋯

En ŝiaj grizaj okuloj montriĝis larmoj sed tuj malaperiĝis. Hodiaŭ granda feliĉo okazis. Rojnovska, posedantino de kalandro, virino ne malriĉa kaj scianta ŝian pozicion, demandis ŝin, ĉu ŝi ne volus instruadi ŝiajn nepinojn, du malgrandajn knabinojn ne bezonantajn ankoraŭ tre instruitan edukistinon. Nature ŝi akceptis tiun-ĉi proponon kun danko.

La knabinoj venados al ŝi preni lecionojn, ĉar tie pro la bruo de l' kalandro neeble estas lerni. Sed tio estas nur komenco.

Rojnovska promesis rekomendi ŝin al sia konatino, kiu en tiu sama strato posedas du domojn kaj havas knabon, kiun ŝi volas prepari por la lernejo. Tiu-ĉi knabo estas amiko de la nepinoj de Rojnovska kaj kune kun ili li venados al la lecionoj. Sed ankaŭ tio estas nur komenco. Nur komenci! Tiu granda Konstanĉjo ekzemple, filo de tiu seruristo, kiu eterne drinkadas, kaj kies patrino mortigadas sin per lavado de tolaĵo, jam estas dekdujara kaj ankoraŭ ne scias legi kaj ofte kun la patro komencas enŝoviĝi en la drinkejon. La patrino tordas la manojn pro tiu-ĉi knabo kaj se nur iu ajn volus instrui lin kaj dekonduki lin de la malbono, ŝi kvankam malriĉa, rekompencus ĝin laŭ sia povo…

Estas ankoraŭ en perspektivo la knabino de tiu masonisto, kiu rebonigis al ili en tiu-ĉi jaro la fornon, kaj iafoje venadis kune kun li, kaj la malgrandeta Manjo, la fileto de l' gardisto, por ŝi ankaŭ baldaŭ estos tempo lerni ion ajn. Tiujn-ĉi infanojn ŝi bone konas.

La grandan Konstaĉjon ŝi ne unufoje venigadis sian kuirejon kaj trempadis lian malordigitan hararon en akvon lavante tiun-ĉi knabon simple kiel oni lavas tolaĵon. Tiu ĉi ridinda Konstanĉjo tiel granda kun larĝaj brakoj kaj granda kapo ĉiam marŝas ĝibita kaj paŝas tiel peze, ke tremas sub li la planko; sentaŭgulo li estas, stratvagulo, brandon li jam amas, tamen por ŝi li estas kvieta kiel ŝafido, permesas sin lavi, kombi. admoni…

Ŝi estas certa, ke tiun-ĉi knabon oni povos savi de la strato kaj drinkejo; kaj kio koncernas la malgrandetan Manjon, ili ambaŭ amegas unu la alian jam de longe…

— Cetere vi scias Mieĉjo, ke mi entute treege amas la infanojn. Mi ne scias kial, sed estas tie l… Eble mi heredis tiun-ĉi econ de la patro…

Jen! mi pensis kaj elpensis. Rojnovska helpis al mi⋯

Sed tio estas nur komenco⋯ Grenero al grenero estos plena kulero, kaj poste, poste⋯

Ĉion tion-ĉi ŝi parolis kun kreskanta fervoro; en la mallumeta ĉambro kun fenestro nordena neniu sunradio falis sur ŝin kaj tamen ŝian frunton trakuradis videblaj briloj kaj per ruĝeteco de superverŝiĝanta vivo kolorigis ŝiajn vangojn. Mieĉislao sidis rigida, senmove rigardante ŝin el post la okulvitroj.

Senmovaj estis ankaŭ la trajtoj de lia mizera vizaĝo, estus malfacile diveni, ĉu tio, kion ŝi diris, faras sur li ian impreson, ĉu nenian. Li ne deturnadis siajn okulojn de ŝia vivigata vizaĝo, kaj la malgrasaj fingroj de siaj longaj manoj, kiujn li apogis sur la genuoj, ĉiam pli rapide tamburadis sur la elfrotita drapo de sia vesto. Kiam Johanino ĉesis paroli, li per sia malrapida naza voĉo ripetis:

— Poste — poste?!⋯

Kaj poste, kun stranga movo signifanta ĉu embaraso ĉu ŝerco, entirante la kolon en la amidonitan kolumon de la ĉemizo, ne sen ŝanceliĝo demandis:

— Nu?⋯ Kio?⋯ Tiel malproksimajn projektojn vi faras⋯ Kaj ĉu vi ne pensas edziniĝi?

Ŝi suprentiris la ŝultrojn.

— Mi dubas, ĉu tio povus iam ajn fariĝi. Vi

scias, ke ni konas preskaŭ neniun, nenie ni estadas,···kiel do? Kiamaniere?

Cetere, eble···sed mi ne povas kalkuli je tio.

Tenante ĉiam la kolon entiritan en la kolumo kaj levante iom la kapon la frato rigardadis ŝin kiel antaŭe, nur sur liaj mallarĝaj lipoj ombrigitaj per nigraj lipharoj trakuradis kvazaŭ ŝerca rideto.

— Nu··· komencis li — kaj tiu doktoro?

Tiufoje Johanino ekruĝiĝis kaj kun miro ekrigardis la fraton. Kiel! li divenis tion, pri kio ŝia buŝo nek al li nek al iuajn diris eĉ unu vorton! Li tiel apatia kaj dormema, tamen devis esti observinta ŝin atente, se li povis, ne sciate el kio, nur se el ŝiaj okuloj, el la ludo de ŝiaj trajtoj diveni··· Cetere ne estis pri kio paroli. Estis nek amaĵo nek io ajn simila.

Jen, iel, la koro ekbatis pli vive. Estante juna ĝi ja devis ekbati pli vive, sed cetere ĝi silentis, ĉar ĝi havis nenian esperon. La ruĝiĝo estingiĝis sur la vizaĝo de Johanino
kaj Ŝia buŝo kaj okuloj serioze graveciĝis. Post momenta siiento pli mallaŭte ol ĝis nun ŝi rediris:

— Mieĉjo mia! Vi bone scias, ke tio estus por mi revo tro alta··· Doktoro Adamo estis por ni tre bona dum la tempo de la tiel longa malsano de nia patro··· kaj mi diras al Vi sincere, ke li ŝajnas esti idealo de homo. Sed precize tial, ke estas tiel, mi scias, ke li ne pensas pri mi kaj neniam pensos.

Ŝi klinis la kapon kaj finis mallaŭte:

— Nur⋯ nia urbo estas tiel malgranda⋯ tie-ĉi la homoj scias ĉion unu pri la alia kaj iafoje devas renkontadi unu la alian, mi do volas, ke li sciu⋯ ke mi⋯ bone scias, ke inter ni neniam io estos, sed mi volas⋯ ke li sciu, ke mi meritas almenaŭ lian estimon⋯

Ŝi levis la vizaĝon kaj tra la vitro de l' fenestro rigardis supren, kvazaŭ en neatingebla malproksimeco ŝi vidus ian idealan ĉielarkon, kiu ekpendis super ĝia griza vivo. Mieĉislao elŝovis la kolon el la amidonita kolumo kaj mallevis la kapon.

Liaj fingroj daŭrigis tamburadi sur la ostaj genuoj, la buŝo iom malfermiĝis. Malfacile estus diri, ĉu li sentis sin malgaja, enuita aŭ ankoraŭ dormema.

Subite li demandis:

— Nu, kaj kiom oni pagos al vi?

Johaninon tiu-ĉi demando tuj ekvekis el ŝia enpensiĝo ĉu revo. Gaje ŝi respondis al la frato, ke ŝia perlaboro estos ne granda, tamen en ilia kuna vivo multe pezos.

Cetere tio estas nur komenco—grenero al grenero estos plena kulero.

Kaj poste, poste⋯

Mieĉislao leviĝis. Rigide li faris kelkajn paŝojn,

fleksis la malgrasajn brakojn en la elfrotitaj manikoj ĉirkaŭ la talio de l' fratino kaj forte kelkajn fojojn kisis ŝian frunton.

Tiun-ĉi vesperon je la krepusko el malsupre, el sub la planko komencis penetri al ŝi senbridaj parolegoj, frapadoj, kriegoj.

Estis momento, kiam post la estingiĝo de l' taglumo vekiĝis kaj komencis sian vivon la drinkejo. Kvazaŭ la resonoj de tiu-ĉi nokta subtera vivo estus eklevintaj ŝin, ŝi ekstaris de l' benko kaj rapide malsuprenkuris en la korton. Ŝi kuris la loĝejon de l' seruristo drinkulo kaj de lia edzino, la lavistino.

Survoje ekkaptis ŝian veston knabineto malgranda, nudpieda, ruĝeta kaj kun movoj de anaso, kurante apud ŝi, kune kun ŝi malaperis post la pordo de la malluma vestiblo.

Post sufiĉe longa tempo, kiam ili ambaŭ eliris, post ili aperis la seruristo, homo kun larĝaj brakoj, vizaĝo ŝvelitapro drinkado, plenlarmaj okuloj kaj malordigita hartufo super la mallarĝa frunto. El lia vesto kaj el tuta lia eksteraĵo vidiĝis malordaj kutimoj, sed tiun-ĉi tagon li ne estis malsobra, sed nur ĝojigita kaj kortuŝita. Ĉe l' sojlo de sia loĝejo li kliniĝis kaj kaptinte la manon de Johanino li el tuta sia forto kisis ĝin. Samtempe la granda larĝabraka Kosĉjo, vestita en dika tolo, peze frapanta la pavimon per siaj nudaj piedoj portis kruĉon da akvo kaj suprenkuris la ŝtuparon kondukantan en la loĝejon de la gefratoj Lipski.

Jam antaŭ sufiĉe longa tempo li iafoje plenumadis por Johanino diversajn mastraĵajn servojn. Mirinde!

Tiu-ĉi dekdujara infano havis frunton jam sulkitan kaj rigardadis la homojn el sub la brovoj, iafoje ruzege kaj kolere.

La patrino tro ŝarĝita de laboro kaj eterne ĉagreniĝanta, ofte lin insultis kaj eĉ batis; la patro, kiu lin amegis, alportadis al li el la drinkejo neplenbrulitajn cigarojn kaj krakenojn odorantajn je brando; por li fonto de amuzo, ĝuado kaj ekkono de l' vivo estis — la drinkejo. Tamen de antaŭnelonge tiu-ĉi maljuna infana koro eble la unuan fojon ekfloris per alia sento ol sento de maljustaĵo, timo kaj drinkejaj impresoj. Neniam en sia vivo li vidis tiel belegan fraŭlinon, kiel en siaj okuloj estis Johanino kaj aŭdis tiel dolĉan voĉon kaj tiel interesajn rakontetojn kiel tiaj, kiujn rakontadis ŝi, kiomfoje ŝi kuiradis la tagmanĝon aŭ rebonigadis la tolaĵon kaj li helpadis ŝin, kiel li povis, aŭ apud la muro de l' kuirejo li sidadis sur la tero ĉirkaŭprenante per la brakoj siajn genuojn kaj rigardadis ŝin jam ne el sub la brovoj kaj sovaĝe, sed maltimeme kaj kompreneme.

De kiam ŝi diris al li, ke li estu bona por la

malgrandeta Manjo, ne batu ŝin, ne pinĉu kaj ne terurigu, oni ofte povis vidi ilin tenantajn sin man' en mano kaj kune promenantajn en la korto. Ofte ankaŭ ili eniradis la ŝtuparon kaj eniradis la kuirejon de Johanino.

La kuirejo estadis poste ĉiutage plena de bruo. El post la maldika muro de l' supra etaĝeto eliradis eksternen maldikaj voĉoj infanaj balbutantaj:

— A··· b··· c··· a··· b··· c···

Aliaj pliaĝaj paroladis:

— La abelo, kvankam malgranda, estas utila insekto. Ĝi havas kvar flugilojn, ses piedojn, du kornojn kaj pikilon.

Aŭ:

— Kvinfoje ses··· tridek··· kvar de dek··· ses, k. t. p. La granda Kosĉio montriĝis speciala amatoro de la kaligrafio. Nenio plaĉis al li tiel kiel kondukado de l' plumo sur la papero jen pli malforte jen pli forte, kaj kiam li nur komencis jam skribi literojn, li admiradis siajn ĉefverkojn. Johanino mem skribis por li kaligrafiajn modelojn. Si havis en tiu-ĉi sian celon. La knabo plenskribinte la tutan paĝon prenadis la paperon per ambaŭ manoj, kliniĝadis super la tablo kaj laŭte, triumfante, ĝojege legadis sian skribaĵon:

— Ne faru al alia, kio estas malagrabla al vi···

Kvankam malriĉe sed pure··· Por manĝi fritan kolombeton ne sufiĉas malfermi buŝeton···

En tiu-ĉi tempo Johanino jam neniam estis malgaja. Ŝi havis pli serenan, pli sanan aspekton. Ŝia gajno estis tre malgranda, sed estas konate, ke la ideo pri grandeco kaj malgrandeco estas en tiu-ĉi mondo ekstreme malegala.

Por ŝi tiuj-ĉi malgrandaĵoj estis preskaŭ savo. De unuj ŝi ricevadis malgrandajn kvantojn da mono, la aliaj ŝin rekompencadis alie laŭ ebleco.

La lavistino lavadis senpage ilian tolaĵon; la masonisto, posedanta vastan ĝardenon alportadis legomojn kaj fruktojn, la domgardisto fendadis ilian lignon por hejtado. Kiel ŝi ekmiris rimarkante, ke eĉ la drinkulo seruristo deziris pagi al ŝi per mono vere alinatura, sed kiu ne malpli havis por ŝi altan valoron.

Kiom- foje ŝi revenante de la urbo eniradis la korton, tiu-ĉi homo ankaŭ aperadis. Ĉu ekvidinte ŝin tra la fenestro li elfaladis el la drinkejo, aŭ elŝoviĝadis el post la angulo de l' domo, kie li sidadis tutajn horojn mallaborante, ĉu en siaj pli bonaj tagoj interrompante sian seruristan laboron, li eliradis el sia loĝejo, ĉiam kun horloĝa reguleco, la densa hararo kaj la malalta frunto kliniĝadis antaŭ ŝi kaj la flavaj ŝvelitaj lipoj presadis sur ŝian manon laŭtan kison.

Estis tio vere abomena kiso de drinkulo, kies postsignojn ŝi preskaŭ senscie plej rapide forviŝadis, kiu tamen kiel brilianto enfaladis en ŝian koron. Kiel briliantoj lumis ŝiaj okuloj, kiam ŝi alportis kaj montris al la frato duon-dekduon da neĝblankaj novaj ĉemizoj, kiuj anstataŭis la malnovajn disŝiritajn.

Tiun-ĉi tagon ankaŭ ŝi ornamis sian nigran ĉapelon per brancêto de artaj floroj… Nun ŝi rigardadis la homojn kuraĝe kaj trankvile; sed estis en la urbo unu homo, kies rigardon, kiomfoje ŝi lin rimarkis, ŝi deziris renkonti, kvankam ŝi penadis ne pensi pri tio.

Li estis tre bona por ŝia patro dum la longedaŭra malsano, ŝi vidadis lin tiam ofte, aŭskultadis interparolojn kiujn li havis kun la instruita pedagogo — poste li venis al la entombigo kaj kiam ŝi ŝanceliĝanta sekvis la ĉerkon li apogis ŝian manon sur sia brako. Kaj nenio pli estis inter ili, sed ŝi neniam ĝin forgesis. Nun ŝi vidadis lin nur en la strato, de malproksime, veturantan en beleta unuĉevala kaleŝo por viziti siajn pacientojn. Kiomfoje li rimarkis ŝin, li ŝin salutis ĝentile.

Nenio pli.

Tamen en ŝia koro ia kordo obstinis vibri ĉe ĉia renkonto kun li kaj kanti al ŝi pri li dum la horoj de silento. Ŝi diris al si: Neeble!

Sed jam neniu pli faris sur ŝi eĉ plej malgrandan impreson, kaj iafoje dum lunaj noktoj post taga laboro ripozante, sed ankoraŭ ne dormante, tra la vitroj de l' fenestreto ŝi rigardadis supren, alten⋯ Tiu granda feliĉo, pri kies akiro ŝi eĉ ne revis, tiam ŝajnis al ŝi ideala ĉielarko pendanta en neatingebla malproksimeco super la griza tero⋯ Iafoje ankaŭ ŝi imagis, ke ŝi estas eta vermeto vigle rampanta ĉe l' fundamento de alta ĉielon tuŝanta konstruaĵo. Ĉe l' fundamento, tiun-ĉi esprimon ŝi ie aŭdis, legis. Jen ŝi nun estis tie. Pli alte estis radie, lume. Tie la homoj levadis kaj prilaboradis multekostajn marmorojn, detiradis el ĉielo sunajn radiojn, serĉadis juvelojn kaj ornamadis la mondon kaj sin mem per briloj.

Ŝi kune kun granda nombro da similaj estaĵetoj kolektadis en ombro polveretojn, sed ŝi tiel tute estis kontenta je tio, ke antaŭ ŝia fantazio la estonteco fariĝadis serena, kaj eĉ el tiu alta ĉielarko de l' muta per ĉiam sento ne faladis sur ŝiaj lipoj eĉ guto de maldolĉeco, sed nur defluadis iafoje iom da sopiro kaj malĝojo.

Ofte en malfruaj vesperoj maldecaj kantoj, malbelegaj ridegoj, krudaj piedobatoj kaj bruoj drinkejaj el malsupro, el sub la planko penetradis en la malluman aŭ lumigitan per la luno kuirejon. Sovaĝa tiu-ĉi bruo tiam flugpendadis super la blanka litkovrilo, super la pensoj, revoj kaj infane pura trankvila sonĝo de Johanino.

* * *

Kvankam ŝi instruis sufiĉe grandan nombron da infanoj, ŝi tamen ne ĉesis okupadi sin diligente de sia malgranda mastraĵo. Tial ŝi ĉiutage unu aŭ du fojojn eliradis urbon por aĉeti provizojn kaj aliajn necesajn objektojn. Dum tiuj-ĉi ekskursoj ŝi devis plejofte preterpasi proksime la grandan juĝejan konstruaĵon, sed ŝi neniam turnis sur ĝi eĉ plej malgrandan atenton. Ĝi estis tiel granda kaj ŝi tiel malgranda! La vastan internon de l' juĝejo plenigadis resonoj de disputoj kaj krimoj, kion ŝi do povis havi komunan kun ĝi? Tamen —kiel ĝi fariĝis, malfacile estas esplori— iun tagon ŝi eniris unu el la salonoj de tiu-ĉi konstruaĵo, kaj oni montris al ŝi tuj la lokon, kie ŝi devis sidiĝi. Estis la benko de l' kulpigitoj. Neniam poste ŝi povis klarigi al si, kiamaniere ŝi trapaŝis tra la homamaso kaj alvenis tiun-ĉi lokon.

Ŝajnis tiam al ŝi, ke la tuta sango kuris en ŝian kapon, bolis tie, bruis, ĝemis, bruligis ŝian frunton kaj vangojn kiel fandita fero. En ŝiaj okuloj la homoj, la muroj, la meblaro nebuliĝis kaj intermiksiĝis tiel, ke ĉirkaŭ si ŝi vidis nur ian multkoloran moviĝetantan amason. Kiam ŝi fine rimarkis, ke tiu-ĉi amaso havas kelkcent homajn okulojn, kiuj scieme ŝin rigardadis, plenigis ŝin sento kvazaŭ oni estus metinta ŝin tute senvestigitan en la mezon de l' urba foirejo.

Ŝi ekdeziregis leviĝi kaj forkuri, sed en sia turmentita animo ŝi havis malklaran senton, ke tio estas neebla.

Tiuj, kiuj en tiu-ĉi momento ŝin rigardis, vidis maldikan, delikatan knabinon, malriĉe vestitan, tremantan, timigitan, flame ruĝiĝintan ĝis la strioj de ŝiaj blondaj haroj.

Estis la plej granda salonego de l' juĝejo. Preskaŭ preĝeja alteco donis al ĝi imponan vidon; solenan impreson faris la tapiŝoj kaj tukoj kovrantaj la longan tablon, ĉe kiu sidiĝis la juĝistoj. Amaso da homoj plenigis la benkaron. En la laŭlarĝa muro kvar grandegaj fenestroj ĵetadis monotonan blankan lacigantan lumon sur la altajn blankajn monotonajn murojn, sur la seriozajn juĝistojn, sur la multekoloran moveman homamason, zumantan per duonlaŭta interparolado. Tie kaj tie-ĉi ekbalanciĝis diverskoloraj floroj sur virinaj kapoj, eksonis kiel eĥo de l' plafono iom pli laŭte elparolita vorto. La juĝeja servisto elparolis laŭtege kelkajn vortojn kaj fariĝis silento, ĉe kiu aŭdiĝis voĉo de prezidanta juĝisto:

Proceso de Johanino Lipska, kulpigita pro kondukado de lernejo sen permeso de la registaro.

Tiuj-ĉi vortoj rekonsciigis Johaninon. Ŝi stariĝis kaj respondis kelkajn demandojn de l' prezidanto mallaŭte sed klare. Poste ŝi ree sidiĝis. La fajra ruĝaĵo malaperis de ŝia vizaĝo, kiu ree fariĝis pala kiel ordinare.

Samtempe estis videble, ke ekkaptas ŝin enpensiĝo tiel insista kaj neforpelebla, ke ĝi forturnadis ŝian vidon kaj aŭdon de la sceno ludata antaŭ ŝi kaj tiel proksime ŝin tuŝanta. En ŝiaj larĝe malfermataj okuloj pentriĝis miro. Ŝi levis ilin alten kontraŭ la ornamaj kornicoj de la kontraŭa muro; kelkfoje ŝi movadis la kapon, kvazaŭ ŝi penis kompreni ion eksterordinare mirindan kaj —neniel ŝi povis. Malfacile estus diri, ĉu ŝi turnis ian atenton sur la diroj de l' atestantoj. Tamen ili estis laŭtaj kaj daŭris longan tempon.

La korpulenta kaj grizhara Roĵnowska en nemoda mantelo kaj kun plata ruĝa floro sur la ĉapelo, viŝante per tuko la ŝvititan grandan bonaniman vizaĝon, kelkajn fojojn ripetadis la konfeson, ke ŝi mem estas kulpa je ĉio.

La konscienco ne permesas al ŝi paroli alie. Ŝi estis la unua, kiu igis Johaninon Lipska'n instrui infanojn.

La knabino estas malriĉa, bezonis perlaboron;

kaj ŝi mem havas nepinojn. Se ŝi scius, ke tio-ĉi estas io malbona, certe ŝi ne estus iginta ŝin, sed je Kristo ŝi ĵuras, ke eĉ ne venis en ŝian kapon, ke ŝi konsilas al io ajn malbona. Grizajn harojn ŝi havas, ŝia vivo pasis en tiu-ĉi urbo, kaj ke ĉiuj atestu, ĉu ŝi iun-ajn instigis al io-ajn malhonesta.

Ekploretante ŝi ankoraŭ unu fojon komencis ripeti, ke ŝi mem igis⋯ eĉ petis⋯ sed oni donis al ŝi signon, ke ŝi jam eksilentu kaj sidiĝu.

La amikino de la posedantino de l' kalandro, propraĵulino de du dometoj, malgrandeta seka virino, brilanta en tiu-ĉi kunveno per kaŝmira vesto kaj elegantaj manieroj, deklaris per voĉo mallaŭtigata, sed kun agrabliĝema rideto, ke la librojn, kiuj kiel „corpus delicti" kuŝis antaŭ la juĝantaro, ŝi efektive aĉetis kaj donacis al Lipska, kiu preparis ŝian filon por la tria klaso tiel bone, ke nun, se li ne estus ankoraŭ tro malgranda, oni lin estus akceptinta eble en la kvaran klason. Tre konscience ŝi instruadis, tre konscience⋯ tiel konscience, ke ŝi konsideris kiel sian devon plialtigi al ŝi la pagon.

Se ŝi estus sciinta, ke tio estas ia malbonaĵo, ŝi certe ĝin ne estus farinta, sed "parol' de honoro", ke ŝi ne sciis. Kiu havas infanon, devas klopodi pri ĝia edukado, kaj jen proksime guvernistino honesta, konscienca kaj pli malkara ol aliaj, ĉar ŝi estas malriĉa orfino⋯ Tie-ĉi ŝi faris antaŭ la juĝantaro elegantan riverencon, kaj ĉiam agrabliĝeme ridetanta kaj kun iom tremantaj lipoj kaj palpebroj ŝi sidiĝis apud Rojnowska.

De la laŭvice demandata lavistino, edzino de la drinkulo-seruristo oni povis sciiĝi malplej, ĉar tiu-ĉi virino, altkreska kaj malgrasa, kun vizaĝo laŭlarĝe kaj laŭlonge sulkigita pro doloro kaj zorgoj, en simpla mallonga jupo kaj kun granda tuko sur la kapo, estis tiel timigita kaj ĉagrenita, ke krom kelkaj konfuzaj apenaŭ aŭdeblaj vortoj, ŝi nenion povis elparoli. Ŝiaj brakoj tremis sub la granda tuko, kaj el la okuloj bruligitaj per la vaporo de akvo bolanta kaj per la varmego de l' gladigiloj, larmoj kiel pizo faladis sur ŝiajn dikajn, brogitajn, sur la brusto kunplektitajn manojn.

El tuta ŝia parolado oni povis aŭdi nur vortojn: filo dekdujara, patro drinkulo, drinkejo en tiu sama domo, lernado, bona fraŭlino··· Oni silentigis ŝin baldaŭ, kaj anstataŭis ŝin la masonisto.

Tiu-ĉi parolis por si mem kaj por sia aŭtaŭantino kaj li parolis multe, rapide kaj tiel laŭte, ke kelkfoje oni admonis lin, ke li malaltigu la voĉon, kion li tuj obeis, sed per sia forta muskola mano ŝirante sian latunan horloĝan ĉenon aŭ malordigante sur la kapo sian densan malmolan hararon, tuj ree fervoriĝis kaj pli laŭte ol estus konvene, pruvadis, ke se li por la instruado de sia filino pagis al la fraŭlino per terpomoj kaj legomo, videble li tre klopodis pri tio, ke sia filino lernu ion.

Sendi ŝin al edukejo estas ja por li tro multekoste. Kion li do devis fari? Kaj kion li ja faris malbonan? Aŭ tiu-ĉi fraŭlino kion ŝi faris malbonan? Post tiu-ĉi demando li etendis la brakojn ambaŭflanken kun tia gesto kaj tiel malfermegis la okulojn, kvazaŭ antaŭ li la tuta mondo renversiĝus kaj li neniel povus kompreni, kial oni ŝin kulpigas.

Post tiu-ĉi masonisto donis siajn atestojn ankoraŭ la bakisto, la domgardisto, ia veturigisto kaj ia oficistvidvino, fine kaj plej longe tiu, kiu faris la malkovron, ke en la etaĝeto de l' domo, kie troviĝas drinkejo, areto da infanoj sciiĝadis, ke abelo havas kvar flugilojn, ses piedetojn du kornetojn kaj pikilon, ke kvar de dek estas ses, ke al sia proksimulo oni devas fari nenion, kio estus malagrabla al ni mem, k t. p. kaj ke ĝi sciĝadis pri tio,— terurege—en patra lingvo!..

Dum la momenta silento, kiu fariĝis post kiam finis la lasta atestanto, la rigardo de Johanino malrapide deglitis de supre malsupren sur la homamason plenigantan duonon de la salonego.

Ĉiuj sidis sur la benkoj, atente kaj silente sekvantaj la kuron de l' proceso. En la multkolora kaj senmova en tiu-ĉi momento amaso distingiĝis unu homo, kiu ne sidis sed staris. Por pli bone vidi ĉion li staris post la benkoj sur ia malgranda subaĵo tiel alpremita per la ŝultroj al la muro, kvazaŭ ili estus algluitaj. La okuloj de Johanino fiksis lian vizaĝon kaj pleniĝis je teruro.

Tio estis ŝia frato, sed kiel alian mienon li havis nun. La sekajn brakojn en la elfrotitaj manikoj li krucigis kaj forte premadis kontraŭ la brusto; sur la paperblankaj vangoj montriĝis ruĝaj makuloj etendiĝantaj ĝis la rando de l' mallumaj okulvitroj.

Li spiris rapide kaj la buŝon li havis iom malfermitan. Kun streĉita atento li aŭskultis la mallongan sed energian kulpigon, kiun ' proklamis la prokuroro kaj la iom konfuzan defendon de Kadvokato.

Poste la prezidanto turniĝis al Johanino deklarante, ke ŝi havas la rajton diri en tiu-ĉi afero la lastan vorton kal demandante, kion ŝi povus kaj volus diri por sia defendo.

Super la altan pezan apogilon de la benko de l' kulpigitoj leviĝis delikata blondhara nigre vestita knabino.

La palpebrojn ŝi havis mallevitajn, la staturon trankvilan kaj la voĉon iom tremantan:

— Mi instruis infanojn, mi pensis, ke mi agis bone…

Tie-ĉi por momento ŝia vizaĝo frapante ŝanĝiĝis. Kvazaŭ ekboliĝis en ŝi iaj fortegaj sentoj ŝi levis la frunton, ŝiaj okuloj ekbriliĝis, la lipoj ektremis, kaj korektante sian lastan frazon ŝi laŭte kaj malkonfuze diris:

— Kaj ankaŭ nun mi pensas, ke mi bone agis.

Senkodiĉe ŝi estis kulpa. Tamen estis mirinde, kial la prezidanto ne leviĝis tuj por iri kun la kolegoj en la konsilĉambron, sed sidis kelkajn minutojn kun kapo iom levita kaj kvazaŭ en ĉielarkon enrigardadis la kulpigitan, kun kia esprimo de okuloj? —Tion pro la malproksimeco neniu el la homamaso povis rimarki. Rigardadis ŝin ankaŭ liaj kolegoj, el kiuj unu forte kuntiris la brovojn.

Tio-ĉi daŭris mallonge, poste ili stariĝis kaj foriris. Ne baldaŭ ili revenis. La afero estis simpla kaj klara, kial la interkonsilo daŭris tiel longan tempon?

Tubavoĉe la juĝeja servisto anoncis, ke la juĝantaro revenas. Kun murmuro simila al brueto de arboj movigitaj per vento, ĉiuj leviĝis.

Ĉe l' tablo kovrita per tuko la prezidanto kune kun la kolegoj stariĝis kaj kaj komencis legi la juĝon. Oni povis rimarki, ke li legis per voĉo iom pli mallaŭta ol kiam li parolis antaŭe. Johanino Lipska estis kondamnita je mona puno de ducent rubloj, kaj en okazo de nesolventeco, je tri monatoj de malliberejo.

La kunsido estas finita; la publiko eliras el la juĝejo. Tie kaj tie- ĉi la leĝistoj interparoletas, ke la knabino estas feliĉa, ĉar ŝi per malgranda puno pagos sian kulpon.

Tamen malgrandeco kaj grandeco estas ideoj eksterordinare rilataj. Tiel certe pensis Mieĉislao Lipski, kiu aŭdinte la juĝon ne faris eĉ plej malgrandan movon kaj staris kiel antaŭe apogita kontraŭ la muro kaj premanta kontraŭ la brusto la krucigitajn brakojn. Oficisto ia kun kolumo maldense brodita je oro tie pasis kaj rimarkinte lin haltiĝis antaŭ li.

Videble li konis lin kaj kun bondezira rideto li komencis:

— Nu kio, Mieĉislao Antonoviĉ'! Bone ĉio finiĝis! Sed kiel estos? Pago ĉu malliberejo? Morgaŭ matene mi venos al Vi. Sed pli bone estus pagi··· Ducent rubloj estas ne multe, kaj domaĝe estus, se la fraŭlino··· Kaj li foriris. En tiu-ĉi momento Mieĉislao deŝiriĝis de l'muro kaj saltis eliron. Kelkaj oficejaj kolegoj volis haltigi lin, diri ion, eble konsili···

Sed liaj okuloj estis tiel brulantaj, ke el post la mallumaj okulvitroj oni povis vidi ilian brilon, kaj la akraj kubutoj dispuŝadis ĉiujn kaj ĉion ĉirkaŭ li. Tiel li elkuris en longan galerion kun vico de grandegaj helaj fenestroj, tra kiu fluis la publiko, malrapide malaperanta malsupre sur la ŝtuparo. Tie li ekrigardis malantaŭen kaj en la niĉo de unu el la fenestroj li rimarkis Johaninon, kiu tie staris eble atendante lin, eble ne havante la forton ĉu kuraĝon fari al si vojon tra la homamaso. En tiu momento ŝi sekvis per la okuloj grupon da personoj sin trovantaj jam en la kontraŭa fino de l' galerio.

Tio estis du virinoj kaj unu viro ĉie en tiu urbo konata, la beleta, havanta grandan klientaron, precipe plaĉanta al sinjorinoj, doktoro Adamo.

Kiel multegaj aliaj homoj li venis tien-ĉi por aŭdi interesantan proceson, kaj facile oni povis observi, ke li eliris sub influo de seriozaj kaj malgajaj impresoj.

Tamen, kiam unu el siaj akompanantinoj, altkreska kaj orname vestita fraŭlino, kun rideto lin alparolis, li ankaŭ ekridetis kaj en la komenco de l' ŝtuparo oferis al ŝi sian brakon. Johanino eksentis en tiu-ĉi momento, ke iu kaptas ŝian manon kaj ekvidis Mieĉislaon, kiu klinita super ŝi, rapide kaj mallaŭte ekparolis:

— Iru sola domen. Mi nun ne povas iri kun vi. Mi havas en la urbo urĝajn aferojn. Post kelkaj horoj mi revenos. Iru sola domen.

Li enrigardadis ŝin per siaj fajrigitaj okuloj, kaj forte premante ŝian manon li aldonis:

— Ne timu, nur ne timu⋯ ne.

* * *

Kelkajn horojn poste Mieĉislao Lipski lacapaŝe supreniris la ŝtuparon de sia loĝejo, malrapide pasis la kuirejon kaj en la apuda ĉambro kun laŭta ĝemo sidiĝis sur la malmola malnovmoda kanapo. Li estis videble lacigita, lia vizaĝo ree havis sian paperan blankecon; kun gesto de enpensiĝo li frotadis per sia blanka longa mano la sulkigitan frunton.

Li tute ne miris, ke li ne vidis Johaninon en la kuirejo. Eble ŝi malsupren iris en la korton aŭ eble la bonkora Rojnovska invitis ŝin por tiu-ĉi tago.

Tamen Johanino estis en la kuirejo, nur ŝi sidis kaŝita post la alta lito en malluma angulo. Vidante la entrantan fraton ŝi ne leviĝis tuj, kiel kutime ŝi faradis por saluti lin kaj demandi, ĉu li ne bezonas ion.

Eble ŝi ne povis tuj elŝiriĝi el sia enpensiĝo aŭ ŝi iom ĉagrenis, ke li tiel longan tempon forestis. Post kelkaj minutoj tamen ŝi leviĝis kaj mallaŭte eniris lian ĉambron.

— Vi do estas! kie Vi estis?

demandis Mieĉislao.

— Mi estis dome, nur Vi min ne rimarkis. Rojnovska estis tie-ĉi kaj invitis min, ke mi iru por la restanta tempo de l' tago al ŝi, sed mi ne volis⋯ Mi pensis, ke Vi baldaŭ venos⋯ vi venis tiel mal-frue⋯

— Aha, malfrue. -murmuris la kancelariisto.

Tia indiferenteco de la frato por ŝia sorto videble pikis ŝian koron.

Ŝi staris kelkajn paŝojn antaŭ li, la manoj kunplektitaj sur la jupo, ŝiaj okuloj malgaje lumis en la mizera vizaĝo.

— Mi pensis, ke Vi volos interparoli kun mi la lastan tagon⋯ antaŭ la disiĝo⋯

— Kia lasta tago? Kia disiĝo— ekmurmuris ree la frato.

-Ĉu vi jam estus forgesinta, ke morgaŭ oni min kondukos en malliberejon?

Ŝian vizaĝon trakuris kelkaj nervaj ektremoj.

Sed baldaŭ ŝi daŭrigis:

— Tri monatoj estas tempo sufiĉe longa⋯ kaj ankaŭ poste mi plej certe jam ne revenos al vi, sed mi serĉos ian ajn servon⋯ Ni do devas pensi pri via mastraĵo.

Hodiaŭ vespere mi kunskribos detale Vian vestaron, por ke Vi sciu, kion Vi havas, kaj ne lasu Vin ĉirkaŭŝteli.

La patrinon de Konstanĉjo mi dungos, ke ŝi venadu ĉiutage matene ordigi vian loĝejon kaj pretigi la samovaron.

Dome Vi jam ne manĝados, ĉar kiu nun kuirus por Vi?

Sed mi iros por momento al Rojnovska kaj petos ŝin, ĉu ŝi ne volus page donadi al Vi tagmanĝojn. Vi havus ĉe ŝi manĝon pli sanan ol en restoracio⋯ Memoru ankaŭ sidiĝante vespere por skribi, ke Vi lumigu atente la lampon, ĉar Vi kutimis fari tion ĉi tiel, ke la ĉambro pleniĝas je haladzo, kio tre malutilas Viajn okulojn⋯

En la provizejo, apud la kuirejo, estas iom da butero, pulvoro kaj faruno, kaj en la kelo estas multe da terpomoj kaj legomoj⋯ Vi farus bone doni ĉion al Rożnowska, se vi manĝos ĉe ŝi. Ĝi ĉiam ŝparos al vi iom da mono⋯

Kiam ŝi estis tiel parolanta, Mieĉislao rigardadis ŝin kun stranga esprimo de l' okuloj.

En tiuj ĉi frutempe lacigitaj kaj malsanaj okuloj estis tiom da gajeco kaj samtempe tiom da bedaŭro, ke malfacile estus diri, ĉu li tuj ekridegos aŭ ekploregos. Kiam Johanino finis paroli, li demandis:

— Ĉu Vi finis?

— Jes -ŝi respondis

—Cetere dum la hodiaŭa vespero kaj la morgaŭa mateno eble mi ankoraŭ ion rememoros.

Ne fortirante sian rigardon de ŝi kelkajn sekundojn li balancadis la kapon, kvazaŭ li mirus aŭ dolorus. Poste li komencis paroli per sia naza voco:

— Kaj Vi vere povis pensi, ke mi permesos, ke vi iru malliberejon kaj sidu tri monatojn kune kun ŝtelistoj kaj perditaj virinoj en malpureco, en koto?

Nun Johanino forte ekmiris.

— Kiel povas esti alie? Juĝo··· ne protestebla.

— Ĉu vi ne aŭdis: mona puno de ducent rubloj aŭ malliberejo···ducent rubloj··· klare du-cent. Ĉu vi ne aŭdis?

Ŝi ekridetis suprentirante la brakojn.

— O jes, mi aŭdis. Sed tio estas tute egale. Por mi havigi tian sumon estas same, kiel depreni stelon de l' ĉielo; mi eĉ ne ekpensis pri tio.

- Aha! vi ne ekpensis — ekriis la skribisto - kaj ekstariĝinte de l' kanapo li rektiĝis en tuta sia maldikeco kaj alteco kaj larĝe streĉis siajn brakojn, kio donis al li ian similecon al ventmuelilo. Tiel starante kaj movante la brakojn kiel muelilajn radiojn li kriis:

-Vidos Vin la malliberejaj gardistoj same kiel siajn orelojn sen spegulo. Mi kraĉas sur monon tie, kie estas afero de honoro kaj eble de vivo de mia fratino! Bagatelo!

Tri monatoj en malsekaj muroj en malpureco kune kun ŝtelistoj kaj senhontulinoj! Vi estas filino de profesoro, fraŭlino bone edukita. Tial ke ni malriĉiĝis, ni jam devus malpuriĝadi en malliberejo kune kun ŝtelistoj, drinkistoj! ĥa ĥa ĥa! ĥa ĥa ha!.

Li ne paŝadis, sed kuradis en la ĉambro, spirante rapide, nerve ridante kaj gestadante. Johanino pro miro larĝe malfermadis la okulojn.

— Sed je Dio! Mieĉislao, kion Vi parolas? El kie Vi prenus tiom da mono? Estas ja neebleco!

Li ekstaris kaj per manplato frapis la tablon.

— Jen mi prenis! Jen mi ricevis! Jen Vi konvinkiĝos, ke mi ne estas tia malpovulo, kia mi ŝajnas esti, kaj ke Vi ne estas jam tiel tute sola en la mondo!

Ŝi eksaltis kaj forte kaptis liajn manojn. Multegaj sentoj skuadis ŝiajn trajtojn: neatendita espero liberiĝi de io, kion ŝi en sekreto de sia animo morte timis, ĝojo, kiun faris al ŝi tiu eksplodo de frata amo, pleje tamen teruro···

— De kie vi prenis tiun-ĉi monon, Mieĉjo! Kiamaniere Vi ricevis tiun-ĉi monon? Kara mia, kion Vi faris?

Li provis liberigi siajn manojn el la ŝiaj, sed ŝi premis ilin ĉiam pli forte.

— De kie mi prenis? Mi ĝin ja ne ŝtelis. Vi bone scias, ke mi ne ŝtelis.

Mi pruntis — kaj finite.

— Vi pruntis! — ekkriis ŝi.

— sed tio-ĉi estas por Vi kompleta ruiniĝo! Kiel Vi povos redoni tiel grandan sumon? Nur se vivante de seka peco da pano! Kaj kiu pruntis al Vi? Riĉajn homojn ni ne konas.

Roĵnovska estus la unua kiu donus, se ŝi havus, sed ŝi ne havas. Kaj neniu el tiuj malriĉaj homoj havas tiel grandan monsumon! Kiu do pruntis ĝin al Vi? Kiu? Kiu? Kiu?

Kaj tiel longe ŝi persekutis lin per tiu-ĉi urĝa demando kaj penetradis lin per siaj okuloj, ĝis li malvolonte kaj preskaŭ kolere elparolis la nomon de unu el plej konataj en tiu-ĉi urbo procenteguloj.

Johanino rompis la manojn kaj poste per ili kovris sian vizaĝon.

-Dio mia! ŝi diris—Dio! Dio!

Kelkajn minutojn ŝi nenion povis elparoli krom tiu unu vorto. Ŝia malfeliĉa frato pro ŝi, per ŝi fordonadis sin en la manojn de procentegulo, eniradis en abismon de ŝuldoj, ĉagrenoj, mizero··· Ŝi deprenis la manojn de l' okuloj kaj ĉirkaŭprenante lin per la brakoj ŝi komencis petegi lin, ke li permesu al ŝi iri en malliberejon. Ŝi diradis al li, ke ŝi estas sana, forta, juna, kaj povas elteni ĉion, ke estas juste, ke ŝi sola portu la respondecon por sia agado, ke tiu ŝuldo, kiun li faris, centfoje pli ŝin doloras kaj timigas ol tiuj tri monatoj··· tie!

Kaj kiam li neante ĉiam balancadis la kapon kaj kortuŝite sed decidite ripetadis: „Ne, Johanjo, ne! ne! mi ne povas konsenti!"

Ŝi surgenuiĝis kaj ĉirkaŭprenante liajn genuojn per la manoj petegis lin per hajlo de vortoj, kiuj fariĝadis pasiaj krioj:

Mieĉjo plej kara, permesu, permesu, permesu al mi iri tien kaj la monon redonu al tiu, de kiu vi ĝin prenis··· Tuj, tuj portu ĝin al li.

Permesu, frateto ora, permesu al mi iri tien.

Ŝi ploris per hajlo de larmoj. Granda, hela harligo devolviĝis de ŝia kapo kaj displektita, malordigita kiel fluaĵo de pala oro surŝutadis la ŝuojn de l' skribisto. Sed li kliniĝinte rapide levis ŝin kaj per siaj longaj malmolaj manoj forte alpremis ŝin al sia brusto.

— Tio jam. mia kara, ne povas esti. Tiun-ĉi monon mi jam ne povas redoni. Ĝi jam estas en la manoj de tiu oficisto, kiu estis venonta morgaŭ matene por konduki Vin en malliberejon.···Kaj nun li ne venos, ĥa, ĥa, ĥa!

Lia rido sonis iom malsaĝete, iom nerve kiel strange intermiksitaj triumfo kaj maldolĉeco. Ŝi mallaŭte, profunde ploris sur lia brusto. Ĝi fariĝis. Tial li kelkajn horojn ne revenadis hejmen, ĉar li klopodadis monon kaj portis ĝin al tiu, al kiu tio-ĉi apartenis. —Dankemo senlima, ĝojo pro liberiĝo, kompato kun la frato kaj timo pro lia estonteco movigadis profunde la knabinon skuatan de la teruraj impresoj de tiu-ĉi tago.

Ŝi ne povis paroli, sed nur el tuta forto alpremiĝadis al la brusto de tiu-ĉi stranga junulo, kiu ŝajnis tiel turmentita kaj apatia, indiferenta,kaj nun···

Ŝi alpremis la lipojn al sia mano kaj mallaŭte diris:

— Estu do kiel vi volis.

Mieĉislao lacigita kuŝiĝis sur la kanapo post la tablo kovrita de kancelariaj paperoj. Johanino reiris kuirejon por pretigi vespermanĝon.

Ŝi plenigis la samovaron per akvo kaj staris momenton senmove. Poste ŝi prenis karbon el la forno kaj ĵetinte ĝin en la samovaron, ŝi ree malsupren lasis la manojn kaj ekstaris rekta, rigida rigardante per glasaj okuloj la ŝrankon starantan ĉe l' muro. Tiu-ĉi meblo videble memorigis ŝin pri io, ĉar ŝi alpaŝis ĝin kaj komencis preni el ĝi glasojn kaj kuleretojn.

Sed tiuj-ĉi du lastaj elfalis el ŝiaj manoj sur la plankon kaj ŝi anstataŭ levi ilin kaptis tranĉilon kaj panbulkon. Ŝiaj movoj estis rapidaj kaj malegalaj intermomente haltigataj per neforpuŝebla enpensiĝo. Fine tranĉilon kaj panon ŝi ĵetis sur la tablon kaj kovrante la vizaĝon per la manoj kaj alpremante la frunton kontraŭ la pordeto de l' ŝranko ŝi fortege ekploris. Kion ŝi nun faros? Kia estos nun lia estonteco? O! terura malpleneco de ŝia vivo kaj pli teruraj ankoraŭ liaj zorgoj, ĉagrenoj, ruino! Ŝi sufokis la ploron, kaj ĉesis plori.

Ŝi timis, ke ŝia ploro estu aŭdata en la apuda ĉambro, kaj ĉesis plori. Sed ŝi neniel povis labori, vere neniel.

Ŝi bezonis pensi, pensi, pensi, kaj per tiuj pensoj konsumi la propran koron.

Ŝi sidiĝis sur la benko apud la fenestro kaj

pensadis. Ŝia rigida rigardo eraradis post la vitroj vidante nenion krom kelkaj nigraj malbelaj tegmentoj kaj peco da ĉielo kovrita per grasa fumo supreniranta el la kamenoj. Estis en tiu-ĉi vido nenia distriĝo, nenia konsolo; do ankaŭ la mieno de Johanino fariĝadis pli kaj pli malĝoja. Ŝiaj larmoj sekiĝis, sed la palan ordinare vizaĝkoloron kovris nuanco de malagrabla flaveco, kaj ŝian senkoloriĝintan buŝon unuafoje en ŝia vivo trakuris akra kolera rideto.

Tiam la pordo de l' kuirejo ekkraketis kaj eniris du infanoj. Estis la granda Kosĉio en sia vesto el dika tolo, nudpieda, kurbiĝanta kaj kondukanta per mano la malgrandan grasetan Manjon, rapide paŝetantan per siaj ankaŭ nudaj piedoj elstarantaj ĝis la genuoj el sub la senkoloriĝinta jupeto.

Pasis apenaŭ kelkaj sekundoj kaj la knabo, timeme kaj kun ia malĝoja sentemeco rigardante el sub la brovoj, surgenuiĝis antaŭ Johanino, kaj la knabineto, movetante la piedojn kaj la manojn kun mallaŭta rideto eksaltis sur ŝiajn genuojn. Ĉe la piedoj de Johanino kuŝis bukedo de siringo, kiu ĵus estis floranta kaj de kiu sufiĉe grandan faskon deŝiris la filo de l' seruristo, certe en ies ĝardeno, kaj senvorte metis tie-ĉi sur la plankon. Forta odoro de tiu printempa, neĝblanka floro plenigis la kuirejon. Kaj Kosĉio, ĉiam kun la sama rigardo kvazaŭ de besteto sindona kaj timema, rigardante ŝin el sub la brovoj eltiris kajeron kaj malferminte ĝin komencis malrapide legi: Mal-la-bor-em-ec-o est-as la patr-o de ĉiu-j pek-o-j.

Frumatena laboro rekompencas per oro. Kaj la malgranda Manjo ankaŭ eltiris malnovan alfabetlibron, malpurigitan, ĉifitan kaj malfermante ĝin sur tiu paĝo, kie estis la alfabeto, komencis: A — B — C···

Johanino mallaŭte ekridetis kaj kisis la sulkitan frunton de l' knabo kaj la ruĝan vangon de l' knabino.

Ili tre ekĝojiĝis pro tio, kaj tiel fariĝis malgranda brueto. El la apuda ĉambro naza dormema voĉo demandis:

Kiu estas tie Johanjo? Kun kiu Vi parolas?

Johanino ekruĝiĝis kaj per voĉo tremanta respondis.

— Infanoj..,

— Infanoj! — ekkriis Mieĉislao kaj tuj ekstaris sur la sojlo. Sur liaj vangoj ree aperis ruĝaj makuloj kaj la okuloj ekflamiĝis, sed tiufoje je kolero.

Propre dirite tio estis kolero kaŭzata de timo, kiu klare pentriĝis sur lia vizaĝo, staturo kaj movoj.

Ree infanoj! li ripetis per voĉo altigita:

—Ĉu mi devas tute perei per tiuj malbenitaj infanaĉoj? Ĉu ne sufiĉe jam estis da mizero? Eble mi devas ankoraŭ perdi mian oficon kaj lastan pecon da pano? Li gestadis kolere. La timo donis al lia voĉo neatenditan forton. Preskaŭ terure li ekkriis:

— For de tie-ĉi malgranduloj!

Ke de hodiaŭ Via piedo ne ekstaru ĉi-tie; ĉar se mi vin ankoraŭ ekvidos ĉi-tie, vi ricevos baton. For! Iru for.

La geknaboj malaperis. Johanino eklumigis la. lampon, pretigis la teon kaj kune kun bulko sur telero portis ĝin al la frato, kiu jam diligente estis skribanta. Ĉiutage li pasigadis sur tia skribado longajn horojn tiel en la oficejo kiel ankaŭ dome.

Metinte teleron kaj glason sur la tablon ŝi kliniĝis kaj kisis la klinitan super la paperoj kapon de la frato. Oh! Eĉ la plej malgrandan koleron ŝi ne sentis kontraŭ li. Li estis prava tiel agi. Ŝi nur sentis, pensis, ke ŝi ree necese devas ion komenci kun si, plej baldaŭ!

Dume ŝi sidiĝis en la kuirejo kaj komencis brodi sur nova naztuko la monogramon de Mieĉislao.

La siringo, kiun alportis Kosĉio, plenigadis la kuirejon per malsobriganta odoro; la samovaro staranta ĉe l' forno zumis kaj vaporis, el malsupre, el sub la planko oni povis aŭdi surdajn bruetojn interrompatajn de tempo al tempo per frapo de ia renversata meblo aŭ per disputema aŭ diboĉa krio.

La drinkejo komencis sian noktan subteran vivon.

Sed kio tie ekmoviĝis post la lito kaj el krepusko malalte ĉe l' tero komencis elŝoviĝi maldistingebla? besteto? infano? Iaj du manetoj apogadis sin sur la planko, iaj helaj haroj ekbriletis ore antaŭ la malpura muro, ia paro da okuloj eklumis per klara lazuro··· Estis infano, kiu kelkajn sekundojn, mallaŭte, rampante kiel kvarpiedulo subite kun eksplodo de rido eksaltis sur la genuojn de l' rigidita en sia malĝojo knabino.

La granda Kosĉio estis forkurinta, sed la malgranda Manjo kaŝis sin post la lito kaj atendis, ĝis kiam la sinjoro ĉesos koleri kaj krii. Ŝi pasigos tie-ĉi la nokton, kiel ŝi jam faris multfoje, kaj nun ŝi volas iom legi en sia alfabetlibro, montri kion ŝi jam scias··· Ĉion de a ĝis p···de p ŝi ne scias, sed „hieraŭ" ŝi lernos. Certe ŝi volis diri „morgaŭ" kaj diris „hieraŭ", sed tio ne malhelpas! Johanino ree kisis ŝin kaj demandis, ĉu ŝiaj gepatroj scias, ke ŝi intencas pasigi la nokton tie-ĉi.

El la apuda ĉambro eksonis demando:

-Kiu ree tie? Kun kiu Vi, parolas, Johanjo?

Mallaŭte, konsternita respondis Johanino:

-Estas la malgranda Manjo··· Ĉu mi devas diri al ŝi, ke ŝi iru for?

En la apuda ĉambro longan minuton daŭris silento, fine naza voĉo vira elparolis:

— Donu al ŝi iom da teo.

Malsupre sub la planko ree io laŭte ekfrapis, kaj fariĝis intermiksita bruo. Ĉu tie ia drinkulo renversiĝis kaj frapis benkrandon per sia kapo? Ĉu homo levis pugnon kontraŭ homo tiel forte, ke li ĵetis lin teren, sur la plankon kovritan per malpuraĵo kaj superververŝitan per drinkaĵo? Eble per tia bruo ekboliĝis tie sensenca, diboĉa amuzaĵo?

Super la maldeca bruo de l' drinkejo, en la kuirejo lumigata per malgranda lampo kaj plenigita de odoro de l' siringo, la pala knabino kun vizaĝo laca kaj okuloj ploraj tenis sur la genuoj nudpiedan grasetan ridantan infanon. El sub la senkoloriĝinta vesteto la ruĝa infana maneto ree eltiris la ĉifitan alfabetlibron kaj la arĝenta voĉeto eksonoris per longa petola rido.

El la apudaĉambro audiĝis malkontenta siblo:

-Si - len - tu!

-Si-len-tu. Ripetis Johanino klinita super la infano. La malgrandulino sufokis la arĝentan sonoron de sia voĉo kaj per mallonga fingreto frapante ĉian literon mallaŭtege, apenaŭ aŭdeble legis: A···B···C··· (Fino)

甲...乙...丙...

在一个大帝国的其中一座大城市中，约翰妮娜·利普斯卡每天都路过一座巨大的建筑物，其正面刚刚被扩建和装饰，但她从未把注意力转向它。

这个帝国很大，建造的法院也很大；她与这些权力庞大的建筑有什么共同之处呢？她知道，在这些高耸的墙壁内部，由明亮的窗户划分，决定着那些因财产或罪行而受审的人的命运。由于她是一个穷人，她无法因财产而接受审判，而且如果有人因罪行指控她，她会直接笑出声来。

但是这样的想法从未出现在她的头脑中，她也从未把她更特别的注意力放在法院建筑上。她身材如此矮小，她的名字如此谦虚，她如此贫穷，她的腰身如此纤细！

她总是穿着黑色的毛衣戴黑色的帽子，既不华丽也不时髦，但从帽子下面可以看到一团几乎像亚麻一样的绚丽头发，光滑而闪亮，梳成一团厚重的头发结包在头后。她的脸色苍白，经常看起来疲惫，她的嘴唇是玫瑰色的，眼睛是灰色的，因为它们透明得像孩子的眼睛一样。她年轻而无疑是美丽的，但是每一个认识她的人都会立刻猜到，她是城市中无数的女孩之一，她们从不玩耍，从不打扮，能吃到的东西很少，呼吸着狭窄街道和狭小房间的空气。

这种生活方式减缓了魅力的发展，并同时将其隐藏于人们视野之外。

未经培育的花苍白地绽放，像在阴影中生长的花朵一样默默凋谢；经常被任意一种随意且快速地在阳光下生长的野草所超越。一位拥有亚麻色头发和精致少女面容的女孩本可以非常美丽，如果她的皮肤更加鲜活，动作更自由，衣着更佳，如果她最终愿意并知道如何大胆地、调情地捕捉人们的目光的话。

但很明显，她既不想这样做也无法这样做。

苍白而凋谢，与街头人群混为一体，身着永远的黑衣，约翰娜总是匆匆忙忙地穿行于城市街道之间，胸前微微突出，额头稍微低垂，她那双小巧而匀称的脚穿着厚重的皮鞋，在不平整的人行道石板上快速地行走。现在，她每天都必须从人行道上踱步，绕过法庭大楼墙边的砌石工程。

只有一次，她抬起头来，看着在脚手架顶部工作的石匠，然后继续走她的路。她与这座充满不安和罪行的沉闷声音的大楼有什么共同之处呢？没有人注意到这一点，但可以肯定的是，不久前她的面部表情显得悲伤和忧虑，黑色的衣服周围被一条白色的条纹环绕。

她在哀悼她的父亲，并不断思考她需要找到一种谋生方式，以免加重她兄弟的艰难生活。这是一个平凡且实际的想法，但却经常在她年轻的额头上刻下深深的皱纹。

她经常带着一种似乎因某事感到羞愧的表情，那时她的眼睛似乎在谦卑地对人们说："原谅我存在吧！"她在世界上行走，心中不断思考：

——我能为任何人或任何事做些什么有用的事情吗？她经常感到饥饿，鞋子也破旧不堪，想着一块面包或面包卷，或破烂的鞋子时，她同时会想：

——可怜的哥哥已经不总是有肉吃，他的衬衫也破烂了……而我却成了他的负担……

她有些认识的人和同龄女性，即使处于和她相同的境况中，也能完全平静甚至有时感到快乐地生活。她们巧妙而贪婪地抓住生活中的小乐趣，以此养活自己，期待更好的未来，不去关注世界上的其他事物，不嫉妒他人，感觉自己相当幸福。她做不到这一点。为什么？也许是天然地她就是与他人有些不同，或许是因为她听过的对话、读过的书籍、邻居的生活情况以及一些知识被她父亲倾注进她的头脑中，而她的父亲在离开这个世界不久前，被解除了当地男孩学校的职务。如果他能长期保持这个职位……

啊！他的两个孩子的命运将会完全不同。但他无法长期保持这个职位。为什么？未来的人们会对此感到惊讶：他是波兰人。在他的壮年时期，他发现自己没有权利按照自己的意愿和能力工作，也享受不到自己劳动的果实。

那时，她不仅对自己的处境感到痛苦，偶尔还会思考整个世界及其各种安排。

在城市的墓地上，已不再会有坟墓打开，也不会有那位早早白发的教育者的头颅从中探出，他的眼睛因劳累而泛红，额头上布满了深深的皱纹，这些皱纹不是岁月留下的，而是那一刻给予的——就在学校告诉他："离开这里！因为你出生在这里，你的位置将由那个直到现在既不认识这片土地也未曾见过这些孩子的人来接替。”

这位教育者，被不幸击垮，服从了命令，离开了，从这个世界上消失了。

约翰娜的头脑中长时间被各种思想和意图折磨，直到有一天，她显得非常激动地跑进了她的小厨房。她手中拿着一个篮子，里面装着她带去熨烫的布料。尽管篮子相当沉重，她还是迅速地跑上了狭窄陡峭的楼梯，并轻松地将其放在桌子上。

虽然身材瘦弱、面色苍白，她却拥有紧张而积极人群的力量。将篮子放在桌上后，她静止不动，陷入沉思。她站在由厚重木板铺成的地板上，地板上突出的黑色钉帽；头顶是因尘土和烟尘而显得低矮、丑陋的天花板。四面墙被旧壁纸覆盖，屋内摆放着一对桌子和长凳，一个带厨房瓷器的橱柜，以及一个覆盖着破旧床罩的床。这里是她的睡眠之处；隔壁小房间是她兄弟的睡房和工作室，这就是他们的全部住处，位于一栋外观看似由一个五岁的小建筑师在使用七张卡片帮助下设计，构成下面两个三角形和上面一个三角形的房子的顶层。

城市房屋的这些上层三角形包含了最简陋的住所；因此，在父亲去世后，利普斯基兄弟租下了这处房子。底层是一家酒吧，门口设有一家商店；院子里挤满了各种年龄和性别的居民。

透过窗户射进来的夕阳，将年轻女孩的头部镀上了金色，无情地揭露了她衣服上精心修补的撕裂处。她交叉的双手垂在下方，眼皮微微下垂，嘴角挂着一丝梦幻的微笑。她对什么如此迷恋呢？是跳舞的晚会吗？还是一件新的、色彩明亮的新衣服？也许是爱人的温柔话语或热情的眼神？她从沉思中醒来，抬起了头，欢快地鼓起掌来。

这是一种喜悦的姿态。带着孩子般的欢乐，她跳起来，打开了隔壁房间的门。

在这里，她却将手指放在嘴唇上，提醒自己：

— 嘘，小声点！

然后她又轻声问自己：

- 他睡了吗，还是没睡？

在这间摆满了数量众多但陈旧贫乏的家具的房间里，一个中等身材、显得瘦弱的年轻男子躺在坚硬的沙发上，他的脸长而俊俏，但面色几乎苍白如纸，这使他看起来病态，尤其是这种苍白与他黑色的胡须和遮盖他眼睛的深色眼镜形成对比，显得更加不悦。米耶奇斯瓦夫·利普斯基曾是一个健康的孩子，尽管总是显得无精打采且有些胆小，但这种状态并没有持续太久。

他十六岁那年在读中学五年级，当他的面色开始变得惨白如纸，手变得瘦弱，动作变得迟缓时，他已经完成了中学五年级的学业。医生建议他戴上深色眼镜遮盖受苦的眼睛；从那时起，他就再也没有摘下过。他离开了学校，因为他对强体力的职业身体还太虚弱了，他开始在政府部门找了一个简单的工作。他的职业生涯已经永久中断了。为什么？

没有人能准确解释这一点。

简单地说，他屈服于看不见但确实存在的压力——在哪里？在学校吗？在父亲离职的家里带来的沮丧？在贫困家庭的生活方式中吗？在这座城市呼吸的道德氛围中吗？人们可以探讨，但探讨是困难的。

有些时候，时代是如此残酷，以至于它们的气息甚至杀死了儿童。

- 米耶奇斯瓦夫，你在睡觉吗？

米耶奇斯瓦夫，你在睡觉吗？

他醒了，朦胧中他在等待妹妹的轻声问话，显然这位在财政部门工作的不幸的小职员，由于工作的疲惫他并没有睡够，在沙发上伸展着四肢，从喉咙里发出了一个同样愚蠢的回应：
— 哈？
然后，他稍微抬起身子，尽力伸长他的两臂，大声打着哈欠，张大嘴巴，直到似乎暴风雨般的狂吻才封住了他的嘴。— 瓦尼娜大声笑着，亲吻着弟弟的嘴唇、脸颊和前额，喊道：
— 我已经得到了，米耶奇斯瓦夫！我已经得到了我想要的！我找到了！
他虽然不知所措，但还是感觉甜蜜地挣脱了她的拥抱，并且用带鼻音的声音问道：
-那是什么？你找到了什么，钱吗？
她迅速变得严肃起来回答道：
-是一张优惠券。
这位文员彻底坐直了身体，摘下眼镜，用手帕擦了擦，又重新戴上，然后透过深色眼镜片，用他那红肿眼皮下的眼睛看着妹妹，问道：
-什么优惠券？它能换钱吗？
约翰娜站在离他几步远的地方，第一次向他倾诉了自己所有的忧虑和烦恼，这些忧虑和烦恼使她无论怎样努力都高兴不起来。不久前她已决定去四处寻找工作，无论是当老师、保姆还是乡村家庭的管理员，无论在哪里，无论做什么，为了能做点事情，开始点什么……但她犹豫了。一 她自己也不知道她能胜任什么。

她知道的事情，她确实知道得很清楚，因为父亲亲自教导过她……但只有那么一点……而且，对她来说，遗弃哥哥是很令人遗憾的事情！他们两人是世界上唯一的两个人，而且他经常生病，需要她的照顾……

她灰色的眼中闪过了泪水，但立刻又消失了。

今天发生了一件大喜事。罗兹诺夫斯卡，一位的女士，一位养百灵鸟的并不贫穷且知道她处境的人，问她是否愿意教导她的侄女们，两个还不需要非常有经验的教师的小女孩。自然而然地，她感激地接受了这个提议。

女孩们会来找她上课，因为在百灵鸟的噪音下无法学习。但那只是个开始。

罗兹诺夫斯卡答应向她的一位朋友推荐她，这位朋友在同一条街上拥有两栋房子，有一个儿子，她想要为他准备上学。这个男孩是罗兹诺夫斯卡的侄女的朋友，他们将一起来上课。但这也只是个开始。只是个开始！例如，那个大孔斯坦奇奥，就是那个锁匠的儿子，他经常酗酒，他的当洗衣工的母亲气的要自杀。这个孩子已经十二岁了，还不会读书，经常和父亲一起进酒馆。母亲为他担心，如果有人愿意教导他，并将他从邪恶中解救出来，她虽然很穷，也会尽力报答...

在视野中还有那位砖匠的女儿，今年为他们修复了炉子，有时与他一起来，还有那个小小的曼约，看门人的孩子，对她来说，很快就是学习的时候了。她很了解这些孩子们。

她曾多次让大孔斯坦奇奥来她的厨房，把他脏乱的头发浸泡在水中，就像洗衣服一样简单地洗了洗。这个可笑的孔斯坦奇奥，如此高大，有着宽阔的臂膀和大头，总是弓着背走路，脚步沉重，地板都在他脚下颤抖；他是一个懒汉，流浪汉，他已经喜欢上了酒，但对她来说，他像一只温顺的羊羔，允许她给他洗澡，梳头，给予警告...

她确信，这个孩子可以从街头和酒馆中挽救出来；至于小曼约，他们两人早就彼此深爱着了...

"而且，你知道的，米耶奇斯瓦夫，我非常喜欢孩子们。我不知道为什么，但就是这样...也许我继承了这个特质，来自父亲...看！我想到了。"

她思考着。罗兹诺夫斯卡帮助了我...但这只是个开始...一勺接一勺，桶子就会满了，然后，接着，接着...她说出了所有这些，话语中透露出越来越强烈的热情；在黑暗的房间里，北窗没有一缕阳光照在她身上，但是她的额头上却闪烁着可见的光芒，生活的喷涌使她的脸颊泛起红晕。米耶奇斯瓦夫坐在那里一动不动地看着她，透过眼镜。

他那悲惨面容上的特征也是静止的，很难猜测她所说的话是否对他有任何影响。他的目光没有离开她那充满活力的脸，而他长手上瘦弱的手指支撑在膝盖上，越来越快地敲打着衣服上磨损的布料。当约翰娜停止说话时，他用那缓慢而带鼻音的声音重复道：

— 接下来 — 接下来？！...

然后，他做了一个奇怪的动作，不知是尴尬还是开玩笑，把脖子缩进衬衫的硬领里，有些不确定地问道：

— 嗯？...什么？...你计划这么远大的项目...你不考虑结婚吗？

她耸了耸肩。

— 我怀疑，这可能永远都无法实现。你知道，我们几乎不认识任何人，我们在任何地方都没有根基，那么，怎么办呢？怎么可能呢？另外，也许...但我无法预料这一切。

保持着脖子缩在衬衫领子里，稍稍抬起头的兄弟像以前一样看着她，只是他那窄窄的嘴唇上，被黑色胡须阴影遮掩的地方，似乎闪过了一丝嘲弄的微笑。

— 嗯...他开始说 — 那个医生呢？

约翰娜这次震惊了，并惊讶地看着兄弟。怎么可能！他猜到了她的心思，尽管她的嘴唇对他或任何人都没有说出一句话！他虽然冷漠而困倦，但一定是在密切地观察她，尽管不知道为什么，只能从她的眼睛、她的表情中猜测出来...但其实也没什么可谈的。这既不是爱情，也不是什么类似的东西。

看，她的心跳突然加速。作为一个年轻人，她的心本应如此，但除此之外，它沉默了，因为它没有任何希望。约翰娜的脸上红晕消失了，她的嘴唇和眼睛变得严肃而沉重。沉默片刻后，她的声音比之前更低沉地重复说：

— 米耶奇斯瓦夫，我的亲爱的！你很清楚，对我来说，那只是一个遥不可及的梦想...

亚当医生在我们父亲长期病患期间对我们非常好...我诚实地告诉你，他看起来像是一个理想的人。但正因为如此，我知道他不会考虑我，也永远不会。她低下了头，轻声结束道：

— 只是...我们的城市太小了...这里的人们彼此了解一切，有时不得不相遇，我只希望他知道...

我…很清楚我们之间永远不会有什么，但我希望…他至少尊重我…

她抬起头，透过窗户望向上方，仿佛在遥远的地方，她能看见一道理想的彩虹，悬挂在她灰暗的生活上空。米耶奇斯瓦夫把脖子从硬挺的领子里拿出来，低下了头。

他的手指继续敲打着僵硬的膝盖，嘴巴微微张开。很难说，他是感到不快乐，厌烦，还是只是困倦。

突然他问道：

— 嗯，他们会支付你多少钱？

约翰娜被这个问题从她的沉思或梦想中惊醒。

她愉快地回答道，她的收入不会很高，但在他们的共同生活中将承担很大的责任。

另外，这只是一个开始——一点一点，勺子最终会被填满。

接下来，接下来……

米耶奇斯瓦夫站了起来。他僵硬地走了几步，把瘦弱的手臂弯曲在磨损的袖子里环绕着姐姐的腰，然后猛地亲吻了她的额头几次。

那天晚上，在黄昏时分，从地板下开始传来无节制的谈话声、敲打声和尖叫声。在日光消失后，酒吧的生活开始了，她也兴奋了起来。仿佛那晚上地下生活的回声将她唤醒，她从长椅上站起来，迅速跑下楼到院子里。

她跑向那个酒鬼锁匠和他的妻子，那个洗衣妇的家。

在路上，一个小女孩，赤脚、红润、像鸭子一样摇摆着身体的小姑娘，突然抓住了她的衣服，与她一起跑向黑暗的门厅。

经过相当长的时间，当他们俩都出来后，锁匠出现了，他是一个有着粗大臂膀、酗酒臃肿的男人，眼睛红肿，头上一团乱发。他的衣服和整个外表都显示出粗野的习惯，但在这一天，他并不是醉醺醺的，而是欢欣鼓舞、感动。在他的住所门槛处，他弯下腰，用全身的力量抓住约翰娜的手，紧紧地吻了一口。与此同时，大大的臂膀科斯恰，身穿厚厚的衬衣，用赤脚沉重地敲打着地板，手里拿着一壶水，跑上了通往利普斯基兄弟住所的楼梯。

早在相当长的时间之前，他有时会为约翰娜做各种服务，像仆人对主人。真是奇怪！

这个十二岁的孩子已经有了皱起的额头，从眉毛下面瞥视人们，有时狡猾地、愤怒地看着他们。母亲被工作压得太重，时常感到烦恼，经常辱骂他，甚至打他；而父亲，虽然爱他，却从酒馆给他带回未点燃的雪茄和闻着白兰地的饼干；对他来说，乐趣、享受和对生活的认识源自于酒馆。然而，最近，这个过早成熟的孩子的心可能第一次不再只有不公正、恐惧和酒馆的印象了。

他的眼中从未见过像约翰娜这样美丽的小姐，他的眼睛里充满了约翰娜，她的声音是那么甜美，她的故事是那么有趣，他多少次看着她做午餐或修理衣服，他尽力帮助她，或者他就坐在厨房墙边，双臂环抱双膝，不再野蛮地从眉毛下看着她，而是怀着敬畏和理解。

自从她告诉他要对小曼约好，不要打她，不要捏她，也不要吓唬她之后，人们经常可以看到他们手牵手在院子里一起散步。他们经常一起走上楼梯，走进约翰娜的厨房。

厨房里每天都很热闹。从楼上的薄墙后面传出孩子们含糊不清的声音：

— A... b... c... a... b... c... .

其他年长的人在讲述：

— 蜜蜂虽然小，却是有用的昆虫。它有四个翅膀，六只脚，两只触角和刺。

或者：

— 五倍六等于三十，

四除以十六等于四分之一，等等。大大的科斯恰是书法的狂热爱好者。他最喜欢的事情莫过于用笔在纸上挥洒，时而轻时而重，当他开始写字时，他对自己的作品赞叹不已。约翰娜自己为他写书法模型。她在这方面有自己的目标。这个男孩写满整个页面后，用双手抓住纸张，俯身在桌子上，高兴地大声读出他的作品：

一 不要对别人做你不愿意承受的事......虽然贫穷但生活简洁......光张嘴是吃不到炸鸽子的......

在这段时间里，约翰娜再也没有感到过悲伤。她看起来更加平静、健康。她的收入虽然很少，但众所周知，对于大小的看法在这个世界上极不相同。

对她来说，这些小事几乎成了救星。有的人给她一小笔钱，其他人则以他们能够提供的方式回报她。

洗衣妇免费为他们洗衣；砖瓦工，拥有一个广阔的花园，给她带来蔬菜和水果；看门人为他们劈柴取暖。她惊讶地发现，甚至酗酒的锁匠也希望用一种非常特别但对她同样有重要价值的方式支付给她。

当她从城市返回并走进庭院时，那个人也出现了。他可能是从酒吧里跌跌撞撞地走出来，或者是从房子拐角后面溜出来，他整整坐了几个小时，有时中断他作锁匠的工作，尽管那是挣钱的好时间，他从家里出来，总是按时，他浓密的头发和低额头在她面前低头，用那发黄的肿胀的嘴唇亲吻着她的手掌。

这确实是一个饮酒者可憎的亲吻，她几乎无意识地迅速擦去了这个醉汉的痕迹，但它却像一块钻石一样刻在了她的心里。当她拿出并向弟弟展示半打崭新的洁白衬衣时，她的眼睛闪闪发光，这些新衬衣代替了破烂的旧衬衣。

今天她也用一枝艺术花朵装饰了她的黑色帽子... 现在她勇敢而平静地看着人们；但在城里有一个人，她多次注意到他，她渴望见到他，尽管她努力不去想。

他在她父亲长期疾病期间对他非常好，她经常看到他，倾听他与受过教育的教师之间的对话-后来他来到葬礼，当她摇摇晃晃地跟随棺材时，他把她的手搁在自己的胳膊上。之后他们之间再没有发生什么，但她永远没有忘记那一幕。现在她只能从远处看到他在街上，乘坐一辆漂亮的单马马车去探望他的病人。他多次注意到她，他礼貌地向她致意。

没有其他。

然而在她的心中，某种弦却执意在与他每一次
的相遇中颤动，并在寂静的时刻对她歌唱。她
对自己说：不可能！

但是已经没有人能在她身上留下任何印象，有
时在月光下，工作后休息时，但还未入睡时，
透过窗户看着上方，向上，高高地…那种巨大
的幸福，她甚至没有梦见过，那时对她来说就
像一道理想的彩虹悬挂在遥不可及的灰色大地
之上…有时她还想象自己是一只活泼地在高耸
入云的建筑的基础上爬行的小虫。在基础上，
她曾在某处听到过这个表达，读过。现在她就
在那里。更高处闪烁着光芒。那里人们挑选和
加工昂贵的大理石，从天空洒下阳光的光线，
寻找宝石，并用光芒装饰世界，装饰自己。

她和许多类似的小生物聚集在阴影中，但她对
此如此满意，以至于在她的想象中未来变得宁
静，甚至从那高高的天空彩虹中没有一滴苦涩
的感觉落在她的嘴唇上，只是偶尔流出一点叹
息和悲伤。

经常在深夜，下流的歌声，丑陋的笑声，粗鲁
的脚步声和来自楼下的饮酒声传入被月光照亮
或黑暗的厨房。那时，这种野蛮的喧哗悬挂在

白色的床单上方，超过了想法、梦想和约翰娜娜那清静的儿童纯净的梦想。

尽管她教过相当多的孩子，但她仍然不停地照顾她的小领地。因此，她每天一两次出城购买食物和其他必需品。在这些出行中，她经常不得不经过附近的大法庭建筑，但她从未对它投以一丁点的注意。那座建筑如此巨大，而她如此微小！法庭的宽敞内部充满了争论罪行的回响，她怎么可能与之有任何共同之处呢？

然而，就像它是如何发生的，很难去探究——有一天她进入了这座建筑的一个大厅，人们立刻指给她她应该坐的地方。那是被告席。从那以后，她再也无法弄清楚她是如何穿过人群来到那个地方的。

那时候，她感觉整个血液都涌入了她的头脑，在那里沸腾、咆哮、呻吟，像灼热的铁熔化了她的额头和脸颊。在她的眼中，人们、墙壁、家具模糊了起来，交织在一起，以至于她周围只看到一团多色的蠕动人群。当她最终注意到，这群人群有数百双眼睛，有意识地盯着她时，一种感觉充满了她，仿佛她被赤裸裸地扔进了城市集市的中心。她渴望站起来逃跑，但在她痛苦的心灵中，她有一种模糊的感觉，认为这是不可能的。

那些此刻盯着她的人看到了一个纤细、娇嫩、衣衫褴褛、颤抖、惊恐、脸颊像火烧般红润直至她金色头发的条纹的女孩。

这是法庭的最大法庭大厅。近乎教堂的高度赋予了它庄严的外观；覆盖地面的地毯和桌布给人一种庄严的印象，坐在那里的法官们显得庄严冷酷。人群挤满了长凳。

在宽阔的墙上，四扇巨大的窗户投射出一种单调的白色疲惫的光线，照在高高的白色单调的墙壁上，照在认真的法官们身上，照在多色移动人群上，他们正在不高的声音交谈。这里那里，各种颜色的花朵在女人们的头上摇摆，从天花板上传来的话语回响了一下。法庭服务员大声念了几个词，然后就安静下来，此时听到了主审法官的声音：

对约翰娜·利普斯卡的审判，罪名是未经政府许可开办学校。

这些话使约翰娜恢复了意识。她站起来，低声但清晰地回答了主审法官的几个问题。然后她再次坐下。她脸上的激动之色消失了，恢复了平常的苍白。同时，可以看出，她被一种坚定而无法摆脱的思考所困扰，这种思考使她的视觉和听觉转向了她面前正在上演的场景，并且紧紧地触及到她。惊奇映在她张开的眼睛中。她抬起头看向对面墙上的华丽装饰；有时她摇动着头，仿佛她试图理解某种非凡的奇妙之事，但——她却无法。很难说她是否关注了证人的陈述。然而，他们说得很大声，而且持续了很长时间。

胖乎乎、头发花白的罗兹诺夫斯卡穿着朴素的斗篷，帽子上别着一朵红花，用手绢擦拭着满是汗水的宽大、和蔼的脸庞，几次重复承认自己的罪行。

她的良心不允许她说出其他。她是第一个让约翰娜·利普斯卡开始教孩子的人。

这个女孩很穷，需要谋生；而她自己也有孙女。如果她知道这是件坏事，她肯定不会让她去做，但她发誓在基督面前，她从未想过教唆别人做坏事。她头发已经花白，她的一生都在这个城市度过，让所有人作证，她从未唆使任何人做不正当的事。

继续调查时，她再次开始重复自己是如何让…甚至请求… 但有人示意她闭嘴并坐下。

饲养百灵鸟的主人的朋友，拥有两座小房子的瘦小干瘦女士，在法庭上穿着卡什米尔服装，举止优雅，用轻柔的声音和带着微笑声称她确实购买了那些书籍，这些书籍就像证据一样摆在法庭前，然后捐给了利普斯卡。利普斯卡为她的儿子准备了三年级的学习，准备得如此出色，以至于现在，如果他不太小的话，可能已经被接受到四年级了。她非常认真地教导，非常认真地… 如此认真，以至于她觉得提高她的工资是她的责任。

如果她知道这是一件坏事，她肯定不会去做，但"以诚信之言"，她不知道。谁有孩子，就必须努力教育他，而这里就有一个诚实、有责任感、比其他人更便宜的家庭教师，因为她是一个贫困的孤儿… 在法庭前，她做了一个优雅的鞠躬，总是微笑着，嘴唇和眼皮微微颤抖，坐在罗兹诺夫斯卡旁边。

从依次被问到的洗衣工妇人，一个酒鬼锁匠的妻子，最少可以知道的是，这位高大瘦削，面部因痛苦和忧虑而皱纹纵横的女子，身穿简短的裙子，头上裹着大头巾，如此恐惧和烦恼，除了几个困惑的几乎听不见的词语外，她什么也说不出来。她的手臂在大头巾下颤抖，眼睛被热气和熨斗的热度灼伤，眼泪像豌豆一样落在她那粗大、涌动的手上。

从她整个讲话中只能听到几个词语：十二岁的儿子，酗酒的父亲，酒吧在同一栋楼里，学习，好小姐…… 很快她就被制止了，取而代之的是砌砖匠。

这位砌砖匠自言自语，他说了很多，快速而大声地说，有时候有人提醒他降低音量，他立即听从，但他用强壮的肌肉手撕裂着他宽松的怀表链条或者扯乱他头上浓密而坚硬的头发，立即又兴奋起来，比应该更大声地证明，他用土豆和蔬菜支付给小姐来教育他的女儿，显然他非常努力让他的女儿学会些什么。

将她送去上学对他来说确实太昂贵了。那么他应该做什么呢？他到底做了什么坏事？或者这位小姐做了什么坏事？在这个问题之后，他伸出双臂，用这样的手势张开双眼，仿佛整个世界都要倒塌在他面前，他完全无法理解为什么要指责她。

这位砌砖匠之后还有面包师、园丁、某个车夫和某位寡妇给出了他们的证词，最后且最详细的是那个发现在有个酒吧的地方的房子的楼上，那里有一群孩子知道，蜜蜂有四个翅膀、六只小脚、两只角和针刺，四离开了十等于六，我们对邻居不应该做令自己感到不快的事情等等，而且他们知道这些事情——可怕的是——是用父亲的语言告诉他们的！

在最后一个证人作证结束后形成的短暂寂静中，约翰娜的目光缓慢地从上往下滑落，停在充斥着人群的大厅的中央。所有人都坐在长凳上，专注而安静地跟随案件的进展。在这个多彩而静止的人群中，一个人显得与众不同，他并没有坐下而是站着。为了更好地看清楚一切，他站在长凳后面的一个小台子上，紧贴着墙壁，好像他们被黏住了一样。约翰娜的眼睛盯着他的脸，充满了恐惧。

那是她的兄弟，但是他现在有着不同的表情。他将干燥的手臂交叉在磨损的袖口上，紧紧压在胸前；在纸一样白的脸颊上，红色的斑点延伸到黑暗的眼镜边缘。他呼吸急促，嘴巴微微张开。他用紧张的注意力聆听了检察官的简短但有力的指控，以及律师稍显混乱的辩护。

然后主法官转向约翰娜，宣布她有权在这个案件中说最后一句话，并询问她为自己辩护时有什么想说的。

在被告长凳的沉重靠背上站起了一个穿着黑色衣服的娇小金发女孩。

她的眼皮微微垂着，姿态平静，声音略微颤

抖：

— 我教育孩子们，我认为我做得很好...

在这一刻，她的脸上出现了明显的变化。仿佛突然涌出强烈的情感，她抬起了额头，眼睛闪亮，嘴唇颤抖，纠正了自己的最后一句话，她大声而坚定地说道：

— 而且现在我仍认为我做得很好。

毫无疑问，她是有罪的。然而令人惊讶的是，为什么主法官没有立即站起来与其他法官一起走进会议室，而是坐在那里几分钟，头微微仰起，仿佛在凝视着被控告的人，他的眼神中透露出一种什么样的表情？——因为距离太远，群众中没有人能注意到。其他的法官们也在注视着她，其中一位还皱起了眉头。

这一切持续了一会儿，然后他们站起来离开了。过了很久之后，他们回来了。案件是简单明了的，为什么调解会持续这么长时间呢？

法庭服务员用突兀的声音宣布说，陪审团回来了。伴随着类似被风吹动的树叶声的低语声，所有人都站了起来。

在被桌布覆盖着的桌子旁，主席和同事们一起站起来，开始宣读判决。人们可以注意到，他读判决时的声音比之前说话时要低沉一些。约翰娜·利普斯卡被判处罚款200卢布，如若无法支付，将被监禁三个月。

庭审结束了；观众走出了法庭。这边那边的法律人士互相交谈，称这个女孩很幸运，因为她只需支付一点点罚款来偿还她的过错。

然而，小和大是非常相关的概念。米切斯瓦夫·利普斯基肯定是这样想的，他听完判决甚至没有做出最微小的动作，依然像之前一样靠在墙上，双臂交叉压在胸前。一个身着金线绣制领子的官员从那里经过，注意到他停在他面前。显然他认识他，微笑着开始说道：

— 嗯，米切斯瓦夫·安东诺维奇！

一切都结束了！但是怎么样？支付还是监禁？明天早上我会来找你。但更好的选择是支付…两百卢布并不算多，如果这位小姐… 然后他离开了。在这一刻，米切斯瓦夫离开了墙壁，跃出了出口。一些同事想要阻止他，说些什么，也许给些建议…

但是他的眼睛如此炽热，透过深色眼镜片，人们仍然可以看到它们的闪光，他的锐利肘部推开周围的一切。于是他奔向一条长廊，长廊上有一排巨大明亮的窗户，通过这些窗户，人群慢慢消失在楼梯下方。他回头看了一眼，然后在其中一个窗户的壁龛里注意到了约翰娜，她站在那里，也许在等待他，也许没有足够的力气或勇气在人群中开辟一条道路。在那一刻，她用眼睛追随着一群人，他们已经站在长廊的另一端了。

那是两个女人和一个在这座城市广为人知、长得漂亮、有着庞大客户群，尤其受女士们喜爱的医生亚当。

像许多其他人一样，他来到这里是为了听一个有趣的审判，但人们很容易就可以观察到他走出法庭式时，表情凝重，没有一点高兴的神色。

然而，当他的一位伴随者，一个高个子、穿着华丽的小姐微笑着和他交谈时，他也笑了起来，并在楼梯的拐角处向她伸出了手臂。约翰娜在这一刻感到有人抓住了她的手，看到了米切斯拉弗，他俯身在她身上，迅速而轻声地说道：

— 你一个人回家吧。我现在不能跟你去。

我在城里有紧急事情。几个小时后我会回来的。你一个人回家吧。

他用他那炽热的眼睛凝视着她，紧握着她的手，补充道：

— 别害怕，只是别害怕... 不要怕。

几个小时后，米切斯拉夫·利普斯基疲惫地走上住所的楼梯，缓慢地经过厨房，进入旁边的房间，然后坐在一张硬而老式的沙发上，发出沉重的叹息声。他显然很疲惫，他的脸再次呈现出白纸一样的颜色；他一边思考，一边用手摩擦着皱起的额头。

他并没有奇怪地看到厨房里没有约翰娜。也许她下到院子里去了，或者善良的罗兹诺夫斯卡邀请她过来了。

然而，约翰娜确实在厨房里，只是她躲在高床后面的黑暗角落里。看到进来的弟弟，她没有立刻起身，像往常一样向他问好并询问他是否需要什么。

也许她不能立即摆脱她的沉思，或者她有点不高兴，因为他长时间不在。然而，几分钟后，她站起来，悄悄地走进他的房间。

— 你在这里！你去哪里了？米切斯拉夫问道。

— 我在家里，只是你没有注意到我。罗兹诺夫斯卡来过，并邀请我在不忙的时候去她那里，但我不想去... 我以为你很快就会来...你来得这么晚... — 啊，晚了。

— 他低声嘀咕道。弟弟对她的命运如此冷漠显然刺痛了她的心。她站在他面前几步，双手握在裙子上，她的眼睛在那张悲哀的脸上闪烁着忧伤的光亮。

— 我以为你会想和我最后一次交谈... 在分别之前...

— 什么最后一天？什么分别？— 弟弟又低声问道。— 你难道已经忘记了吗？

明天他们会把我带到监狱里去？

她的脸上闪过几个神经性的颤抖。但很快她继续说道：— 三个月足够长了... 而且之后我肯定不会再回到你这里，但我会找到任何一种工作... 所以我们必须考虑你的家务。今晚我会详细记录你的衣服，这样你就知道你有什么，不要让别人拿走。我会雇用康斯坦茨的母亲，让她每天早上来整理你的住所并准备好沏茶壶。家里你不会再吃饭了，因为现在谁会为你做饭呢？

但我会去罗兹诺夫斯卡那里，请求她是否愿意给你一些午餐。你在她那里吃的食物会比在餐馆里更健康... 也记得晚上坐下来写字时要小心点灯，因为你习惯这样做，使房间充满烟雾，对你的眼睛很不好... 在临时厨房旁边，有一些黄油、面粉和调料，地窖里有很多土豆和蔬菜。

...如果你在她那里吃饭的话，把所有东西都给罗兹诺夫斯卡会很好。这样会省下一些钱。

...当她这样说的时候，米耶奇斯瓦夫用一种奇怪的眼神看着她。在这些疲倦不健康的眼睛里，既有喜悦又有遗憾，难以说清楚他是会立即笑出声还是会哭泣。当约翰娜说完话，他问道：

— 你说完了吗？

— 是的—她回答道—此外，在今晚和明天早上我可能还会想起一些事情。

他把目光从她身上移开，摇摇头，仿佛在惊讶或者痛苦。然后他用鼻子的声音开始说话：

— 你真的以为我会允许你去监狱，

和小偷和堕落女人们一起在肮脏和泥泞中度过三个月吗？

现在，约翰娜感到非常惊讶。

— 怎么可能呢？判决...必须服从。

— 你没听到吗：两百卢布的罚款或者监禁...两百卢布...清楚的两百。你没听到吗？

她笑着把手臂抬了起来。

- 噢是的，我听到了。但对我来说，

提供那样的金额就像是从天上摘星星一样困难；我甚至没有考虑过这个问题。

- 啊哈！你没考虑过 — 他大声喊道 — 离开沙

发站了起来，整个身体挺直，伸展开双臂，给他一种风车似的模样。站在那里，摆动双臂如同风车的叶片，他大声喊道：

-我不能忍受你在监狱里被看守们无视和侮辱。对于我妹妹的生命来讲，我宁愿在金钱和名誉的事情上吐口水！无关紧要！

与小偷和无耻之徒在潮湿墙壁中一起度过三个月！你是教授的女儿，受过良好教育的小姐。因为我们变穷了，我们现在必须和小偷、酗酒者一起在监狱里沾污！哈哈哈！哈哈哈！哈哈哈！

他不是在走路，而是在房间里奔跑，呼吸急促，神经兮兮地笑着摆动着手势。约翰娜由于惊讶睁大眼睛。

— 但天哪！米埃奇斯拉奥，你在说什么？你从哪里会得到那么多钱？这是不可能的！

他站了起来，用手掌拍打着桌子。

— 看，我拿到了！我得到了！你会相信，我并不像我看起来那样贫穷，你也不再那么孤独了！

她跳起来，紧紧抓住他的手。各种情感震撼着她的脸庞：意想不到的希望摆脱了她心灵深处所恐惧的东西，那种兄弟般的爱带给她的喜悦，然而最主要的是恐惧...

— 米埃奇奥，你从哪里拿到这笔钱的？

你是怎么得到这笔钱的？亲爱的，你做了什么？

他试图从她的手中挣脱出来，但她却越来越紧紧地抓住他的手。

— 我从哪里拿的？我并没有偷。你知道的，我没有偷。我借的 — 终于借到了。

— 你借的！

— 她尖叫道 — 但这对你来说是彻底的毁灭！你怎么能还回这么大一笔钱？只能靠吃干面包度日！那么，谁借给你的？我们不认识有钱人。如果罗伊诺夫斯卡有钱的话，她会是第一个借给你的，但她没有。而那些贫穷的人也不可能有这么多钱！那么，谁借给你的？谁？谁？谁？

而她持续不断地用这个紧迫的问题追问他，用她的眼睛贯穿他，直到他不情愿地、几乎生气地说出了这个城市中最知名的放高利贷的人之一的名字。

约翰娜握紧双手，然后用它们掩盖了她的脸。

- 我的上帝！她说—上帝！上帝！

几分钟里，除了这一个词，她什么也说不出

来。她那不幸的兄弟，因为她，被放高利贷的人所控制，陷入了债务、痛苦、贫困的深渊中…她移开双手，眼睛看着他，然后用胳膊搂住他，开始请求他让她去监狱。她告诉他，她健康、坚强、年轻，能够承受一切，她一个人承担自己的行为责任是公正的，他所犯下的那个债务，对她的伤害和恐惧是那三个月的百倍…在那里！

当他不断摇头否认时，感到受感动但坚定地重复着："不，约翰娜，不！不！我不能同意！"她跪下来，用双手抱住他的膝盖，用一连串的话语恳求他，这些话语变成了激烈的呼喊：

"我最亲爱的弟弟，请让我去那里，把钱还给那个你借钱的人… 立刻，立刻把它拿给他。让我去，我最珍爱的哥哥，请让我去那里。"

她哭着，眼泪如雹子般倾泻而下。一缕浓密的金色头发从她的头上散开，凌乱地撒落在他的鞋子上，仿佛一抹苍白的金色涂料。但他迅速俯身把她拉起来，用他那双又长又粗糙的手紧紧地抱住她。

"那已经不可能了，我亲爱的，我无法再把这笔钱交还。它已经在那位明天早晨将会来把你带到监狱的官员手中了… 现在他却不会来了，哈哈哈！"

他的笑声听起来有些愚蠢，有些神经质，仿佛胜利和苦涩交织在一起。她在他的胸前轻声、深情地哭泣。事情就这样定了。所以他几个小时没有回家，因为他一直在努力寻找钱，并将其交给了监狱的人。

无限的感激，因为被释放而带来的喜悦，对弟弟的同情以及对他未来的担忧深深地震撼着那个受过这一天可怕印象的颤抖的女孩。她无法开口说话，只能全力紧抱这位看起来如此受折磨和麻木，漠不关心的奇怪年轻人。

她把嘴唇贴在他的手背上，轻声说道：

— 那就按照你的意愿吧。

米埃西斯劳疲惫地躺在被办公室文件覆盖的桌子后面的沙发上。约翰娜回到厨房准备晚餐。

她给茶炊灌满了水，站在那里不动一会儿。然后她从炉子里拿出煤炭，扔进茶炊里，然后又放下手，站起来，用玻璃般的眼睛直勾勾地盯着墙边的橱柜。这个家具显然让她想起了什么，于是她走近它开始拿出玻璃杯和小勺子。

但是这两个小勺子从她手中掉到地板上，她没有捡起它们，而是拿起了一把刀和一个面包块。她的动作迅速而不稳定，偶尔被无法抑制的思考打断。最后，她把刀和面包扔在桌子上，用手遮住脸，把额头压在橱柜的门上，开始痛哭起来。她现在该怎么办？他的未来会是什么样子？哦！她生活的可怕空虚，以及更可怕的是对他的担忧、忧虑、毁灭！她抑制了眼泪，停止了哭泣。她担心她的哭声会被旁边的房间听到，她停止了哭泣。但她无论如何都无法工作，真的无法。她需要思考，思考，思考，用这些思想消耗自己的心灵。

她坐在窗户旁的长凳上思考。她的僵硬目光在窗户后面游荡，除了几个黑色丑陋的屋顶和一片被从烟囱中升腾出来的浓烟覆盖的天空，什么也看不到。在这个景象中没有分散注意力，也没有安慰；因此，约翰娜的表情变得越来越忧郁。她的眼泪已经干了，但她脸色苍白，原本的肤色被一丝讨厌的黄色覆盖，她生活中的第一次，她的无色嘴角露出了一丝尖刻的笑容。

这时，厨房的门突然被撞开，两个孩子走了进来。一个是大个子科什奥，穿着厚厚的亚麻布衣服，赤脚，弯腰驼背，牵着小胖娜曼尤的手，她快速地跟在他身后，光着脚丫，从她无色的裙子下露出的膝盖处，直到脚踝。

只过了几秒钟，那个男孩战战兢兢地、带着一种忧郁的情绪，从眉毛下面看着约翰娜，跪在她面前，而小女孩则微笑着蹦跳着跃上她的膝盖。在约翰娜的脚下躺着一束紫丁香花，它刚刚盛开，肯定是从某人的花园里被铁匠的儿子撕下了一个相当大的花束拿来的，在这里无声地放在地板上。春天的，雪白的花朵的浓烈香味充满了厨房。科什奥，一直带着一种像胆小的小动物一样的眼神看着她，从眉毛下面拿起一本书，缓慢地打开开始阅读："无知者是一切罪孽之父。清晨的劳动以黄金回报。"

小胖曼乔也拿出了一本旧的字母书，那本书又脏又破，打开了那一页，那里有字母表，开始：A — B — C...

约翰娜轻声笑着，亲吻了男孩额头和女孩的红晕脸颊。他们非常高兴，于是发出了一阵小小的喧哗声。从隔壁房间里，一个鼻音沉沉的声音问道：

"那里是谁，约翰尼？你在和谁说话？"

约翰娜惊慌地站了起来，颤抖着声音回答道：

"孩子们..."

"孩子们！"米切斯拉夫大喊一声，立刻站在门槛上。他的脸颊上再次出现了红色的斑点，眼睛也开始发火，但这次是愤怒。确切地说，这是一种由恐惧引起的愤怒，清楚地表现在他的脸上、身上和动作中。

"孩子们又来了！"他用高亢的声音重复道："难道我必须因这些可恶的孩子们而彻底毁灭吗？难道已经不够痛苦了吗？也许我还要失去我的工作和最后一块面包吗？"他愤怒地挥舞着手。恐惧给了他的声音意想不到的力量。几乎可怕地，他大声喊道："离开这里，小东西们！今天起你们的脚不得再站在这里；因为如果我再看到你们在这里，你们就会挨打。走开！走开。

小孩们消失了。约翰娜点亮了灯，准备好了茶，然后和一个盘子上的面包一起端给了正在努力写东西的弟弟。他每天都在办公室和家里花费很长时间来写东西。

将盘子和玻璃杯放在桌子上后，她俯身亲吻了弟弟靠在纸上的头。哦！她对他甚至没有最微小的愤怒。他是对的。她只感到，想到，她必须尽快从头开始！

与此同时，她坐在厨房里，开始在一块新手绢上刺绣米切斯拉夫的单字缩写。

科斯切奥带来的肉桂让厨房充满了令人愉悦的

香气；炉边的水壶嗡嗡作响，冒着蒸汽，从下面，从地板下，可以听到偶尔被一些翻倒的家具或争吵声或调皮的喊叫打断的沉闷噪音。酒吧开始了它的夜间地下生活。

在床后开始移动的是什么？从黄昏地面低处开始模糊地移动？小动物？小孩？有两只小手靠在地板上，一些金色的头发在肮脏的墙前闪烁，一双眼睛闪烁着明亮的蓝色……那是一个孩子，几秒钟后，她像四肢动物一样爬行，突然爆发出笑声，跃到了坐在床上的女孩的膝盖上。

大叫声已经远去，但小曼约仍躲藏在床后等待，直到主人停止发怒和叫喊。她将在这里度过夜晚，就像她以前多次做过的那样，现在她想要在她的字母书中读一点，展示她已经学会了些什么……她从a到p的所有字母都不认识，但她"昨天"是学到的。当然，她想说"明天"，却说成了"昨天"，但这并不妨碍！约翰娜再次亲吻了她，并问她的父母是否知道她打算在这里度过夜晚。

在隔壁房间响起了一个问话：

-谁又在那里？你在和谁说话，约翰娜？

约翰娜轻声且惊慌地回答：

-是小曼约......我应该告诉她离开吗？

隔壁房间沉默了几分钟，最后一个男性的鼻音声音说出：

- 给她点茶喝吧。

楼下地板下又传来一声响亮的敲击，接着是一阵混杂的噪音。是某个醉汉倒下撞到长椅边缘，是头部？还是一个人用拳头对另一个人用力把他扔到地上，那地上覆盖着污垢并洒满了酒精？也许这种噪音预示着那里开始了一场毫无意义的、狂欢的娱乐？

弥漫着楼下酒吧的噪音，在被小灯照亮且弥漫着丁香花香气的厨房里，一位脸色苍白、眼睛泪汪汪的疲惫女孩抱着一个光着脚丫子、笑着的肥胖女童坐在膝上。从褪色的小衣里，红色的女童手再次拿出针织的字母书，银铃般的声音响起，伴随着长长的咯咯笑声。

从隔壁房间传来了不满的嘶嘶声：

"Si - len - tu！"（安静！）

"别说话，"约翰娜低声重复，弯下身子靠在女童身上。小女孩抑制住她银铃般的声音，用短小的手指轻轻敲打着每个字母，轻声地念道：

A...B...C...

Pensado post traduko

Post la traduko de ĉi tiu novelo, mi sentis min dolora ĉe mia koro ; kvankam ĝi estas novelo, mi vere kredis je la realeco de ĉi-tiuj eventoj en la novelo. Historie, vere ekzistas nacioj, kiuj okupis aliajn naciojn, ne nur okupante alinaciajn teritoriojn kaj rabi tieajn vivrimedojn, sed ankaŭ celante transformigi tieajn naciojn por, ke la nove aneksigitaj nacianoj asimilu al la reganta nacio, inkluzive senigi tiean skribsistemon kaj ekstermi tiean kulturon.

Pli terure, la reanta nacio eĉ mortigis ĉiujn loĝantojn de la okupataj teroj post la konkerado; tio estas vere barbara ago!

Feliĉe, pro la evoluo de la historio kaj civilizacio al la nuntempo, tiaj malbonaj personoj malpliiĝas, tamen tiuj, kiuj ekstermas la homan naturecon, ankoraŭ ekzistas, inkluzive teroristojn. Eĉ en paca epoko, ni devas aktive atentigu kaj protektu nin kontraŭ tiaj malbonoj.

Ĉi tiu traduko estas la kvina klasika novelo, kiun mi tradukis el Esperanto al la ĉina. Pro tio, mi estas speciale dankema al la koreaj amikoj; esperantista tradukisto s-ro JANG Jeong-Ryeol (Ombro) kaj la eldonisto OH Tae-young(Mateno), pro ilia helpo kaj fido, kiuj ebligis al mi prezenti la bonegajn novelojn al ĉinlingvaj legantoj kaj la traduklaboro samtempe plibonigis mian kapablon en Esperanto. Mi ankaŭ dankas la helpon de moderna scienca teknologio AI(Artefarita Inteligenteco), kiu ebligis la verkon rapide aperi en la ĉinan lingvon.

Zhang Wei,

printempe de la jaro Jia Chen en Dandong

2024.5.2

(Tel. 13904158140,

Posxadreso: 790862338@qq.com)

译后感言

翻译完这本小说，我的心一阵酸楚，虽然这是一本小说，我还是真的相信这件事情的真实发生。历史上还真有一个民族占领另外一个民族后，不但占领其领土，抢夺其资源，而且还要改造这个民族使其同化成为自己的民族，因此他们要取消其文字，灭绝其文化，更有甚者，甚至在抢夺了领土以后，把原来这片土地上的人全部杀死，这是多么野蛮的民族！

庆幸的是历史发展到今天，文明发展到今天，这样的恶人越来越少，但灭绝人性的人还是存在的，恐怖主义分子还是存在的，对此我们在和平的年代也必须提高警惕，高度关注。

这已经是我从世界语翻译成汉语的第五本经典小说了，非常感谢韩国朋友，世界语翻译家张祯烈先生，世界语出版家吴泰榮先生的帮助和信任，使我有机会把世界上的优秀小说介绍给喜爱中文的读者，同时也提高了我的世界语素养。也感谢现代科学技术AI的帮助，使作品短时间内就能问世。

张伟，甲辰年春于丹东
2024.5.2

（联系电话：13904158140，电邮：790862338@qq.com）